大河归处

刘庆祥 著

山东文艺出版社

序言

精神人格的艺术建构

李一鸣

"人生,像一只放飞的风筝,不管飞得多高、多远,牵系着你的那根线,总是拴在故乡老屋的墙头。"刘庆祥在散文中深情而诗意地表达了故乡之于人生的意义。

庆祥的故乡在黄河口。一百六十多年前,黄河,这来自巴颜喀拉山的滚滚洪流,九曲百折,蜿蜒东下,在河南铜瓦厢决口,重回故道,夺大清河入海,冲积出大片土地。无数的人,像一颗颗被洪水裹挟的种子,洒落在河口荒原,他们筚路蓝缕,以启山林,用浓重的光阴里血泪和汗水的浇灌,演绎了一片荒原的蜕变。

庆祥深切描绘了黄河口的历史。在他的笔下,大道与小路匍匐在荒原上,犹如一棵大树;纵横交错的沟沟坎坎,刻画着大河漫流时代留下的痕迹;雪白和古铜色的盐碱,粘贴在大地上,形成荒原独特的风貌。而那一座座形如"菹盖子"的土屋,孤独地伫立于荒原之上,它们以主人的"姓氏+屋子"命名,成为莽原上一个个地理坐标,多少人循着炊烟迁徙而来,渐渐形成村落、有了人烟,黄河口人家在这里生活繁衍。几多斯年逝去,时代的犁铧在这块独特的版图上,层层翻开新土,历经千百次太阳的起落,昔日的荒原,变成了绿洲。

创造历史的永远是生活其上的人类。黄河口的历史,正是黄河人家赶河向海的历史。纵观人类历史,何尝不是一段从丛林出发,沿着大河走向平原、面向大海的悲壮历程?当我们回望大河上游,似乎还可以看到中华儿女——女娲伏羲的后裔,正坚韧跋涉在黄土高原上,向东,向东,向着大河下游、蔚蓝大海走来。

一个民族的历史,何尝不蕴含着每个具体可感的人的历史。庆祥回望乡关,目光穿越迷茫的雾霭,透过散落的窝棚、草舍、薄帐子屋和低矮的土坯房,用心捡拾生活的点滴,从细微处留住人间的真实。煤油灯光里母亲的影子,园子里劳作的父亲的身形,土坯屋里七八个孩子打饭时排起的"长龙",《撕棉花》中水乳交融的亲情温暖,吃百家奶《赶奶》中乡亲的恩泽。那个风一样奔跑在村庄街巷的顽童,那个在河沟里扛着渔网子,泥猴似的奔走于池塘、河沟的孩子,那个在河塘里翻飞,在黄河里、浪尖上飞游的少年,不正是庆祥的自述?庆祥用他的笔,忠实地记下了已经消失和正在消失的东西,留给未来的是历史的还原、时代的面目。

庆祥十八岁离开故土，先是当兵到南国边疆，感受了战火硝烟，十年后回到山东，又辗转河南、山东两省任职，经历了二十七年的军旅生涯。半生"漂泊"，距离故乡或近或远，但随着时间的推移，他对故土的眷恋却日渐深厚，对河口的思考愈益深邃。他柔软的心灵安放在出发的地方——黄河口，他思索的目光望向一个民族精神的故乡。

是的，岂止是怀乡、对物理故乡的缱绻，更重要的，庆祥的文字流动着对生命原点的追求，对心灵家园的塑造。德国哲学家荷尔德林认为，对人类精神艰难跋涉的关注，对人类生存困境的焦虑，对人类命运和未来的期待，都交织在还乡之旅上。庆祥的故乡书写，根本上蕴含的是一种精神人格的建构，它超越了单一单薄的怀乡情感，熔铸进的是深广的现代性质素，他不仅展现了乡土中国向现代中国转变的历史风貌，而且表达了现代人的精神追求，体现出一种超越性独特的价值。

是为序。

持愚

自序

求得陈杰先生墨宝"持愚"两字。简帛书风,古拙飘逸,陈黄色云纹书纸,衬托出古朴气象,足见其用心,甚是欣喜。"持愚"二字为本人命题。"持",用其持守之意;"愚",取之愚鲁钝拙之相。二者相合,颇合我意。

近耳顺之年,不能"耳顺",当有"修行"方式。半生戎马倥偬,转业投身经济社会大潮,最终得以到文联工作,是一次顺随心性在选择。游历人生"三界",终可以文墨为伍,似有五柳先生《归田园居》的欣悦。

不知从何时起,有了怀旧的习惯,时常想起旧时的事儿。与人交流,发现这是这个年岁人的通病。每个人的念旧各不相同,追忆当年激情岁月,遗憾与机遇擦肩,感慨世态炎凉,愤懑社会不公,都暗含着人生状态,构成属于中老年人的社会情态，成为别人的风景。

我常思虑的却是：我曾经做了什么？我能做什么？

十八岁入伍，书占据床头柜大半，枕头下面是两个梦，一个是当作家，一个是考军校成为一名军官。当军官自然是荣耀的事，更现实的是能改变"修理地球"的命运。"作家"和"军官"像两个争奶吃的孩子，强势的生存需要，把"军官"推到两个乳房中间，"作家"眼睁睁看他霸占着母亲的胸怀，以至于被饥饿折磨得命若游丝。

曾经写信和家人透露当作家的梦想，回信给我泼了一盆冷水："咱斗大的字不识一簸箩，标点都用不准确，当作家的路太遥远了。"言外之意，梦想缺少一个"想"字，只是一个不现实的梦。如今看来，家人的话不无道理，如果执着于作家梦想，如今，也许早被"一头高粱花子"压进了命运的地平线。

想来，牵绊自己大半生的大致也是这两件事——仕途与文学。生命历经的半个多世纪，功利似小时候故事里的招魂小鬼儿，引领着自己，在世俗风雨里不由自主地飘摇。不甘落后于别人的晋升脚步，追逐着仕途上游刃有余的人们，悲喜于成败得失，跌跌撞撞，走过青年时代的自命不凡，轻狂虚妄与愤懑。进入中年后，经济大潮裹挟着物欲横流，激荡着内心平静，以尊严的名义负重前行，追逐世俗之物，精疲力竭，彷徨挣扎。提拔与重用，误解与不公，悲喜跌宕。文学之于我，就如一个出气筒，遇有精神不可承受之重，便对它发出无声怒吼，发泄内心不平。它孱弱得像一个"跟屁虫"般不离不弃。

思之得失，遗憾颇深。来到文联后，朋友相见，常遇到"重拾旧爱了？"这样不知所以的问话，我便不知所以地自嘲："现在不让喝酒了，改玩文字了。"用"酒"字和"玩"字，表达自己对文字不忠的歉疚。

2009年春，去日本参加商务活动。时值樱花盛开，漫山遍野游人如织，樱花烂漫，花瓣纷落里，和服女子衣袂飘飘，尽显樱花之国魅力。洁美的街道，精细的城市管理，尤其家家庭院里，百年大树，经几代人的精心修剪，被制作得盆景般精致，令人叫绝。

日本之行，视觉与内心的冲击，唤醒了对文字的牵念，却依然没有勇气拿起笔，重拾"爬格子"苦差。便以玩的心态开了博客，开始在电脑上敲打。不修改，不校对，不发表，只期文字能力不至彻底荒疏。十年，敲打出了数十万文字。偶有精致者，被人拿走发表，其中关于张作霖妇人们的文章，浏览量达八万，居然被学生拿去，一字不改，加上指导老师的名字，变成了自己的毕业论文。

玩博客之初，自以为可能是"羊栏里的一头驴"，却发现，那里面高手如云。十年里，从漫不经心，到严谨细致，慢慢地找回了对文字的敬畏。

孔子曰:"五十知天命。"五十岁以后,略能清醒检点自己。荒洼生长的野性,乡野与贫寒孕育出的气量不足,天性里的执拗,这些自己难以克服的"劣根",让仕途布满崎岖,大半生靠着一股"蛮劲",像追日的夸父,挣扎在人生旅途,有今日之作为,已属阴错阳差。蹉跎半生,从自认心机无限,可经邦治国,渐渐发现,自己愚鲁笨拙,不堪大用;从自认无所不能,渐渐发现,自己所能者不多。今天才知道,堆砌一些文字,大概才是心性使然,所能之事。虽为时不早,尚可了却心结。

"持愚"二字,饱含了自己对文字的一种态度,即,持守愚钝之态,以远足者之心,徐徐而行,以致远方。佛教中有"加持"一词,大概意思是:思想信仰,在坚守和向往中不断延展,生发出无限、无形力量。唯物主义者,当然无修佛之心,但也当以此为鉴,在持守中提高修养,宁静以致远。知愚,则心无旁骛,选择无多,所能做的是把写作交付于生命的长度。

目录 Contents

序言—精神人格的艺术建构…1

自序—持愚…1

辑一 故园尚安

老　宅…2

故园尚安…15

清　明…22

老　家…30

一条老街的记忆…35

《岁月回眸》序言…44

辑二 回望乡关

村　庄…50

上　坡…59

洗　澡…136
偷　瓜…142
开　仗…152
过年记忆…163

辑四 — 乡风遗韵

穿　土…182
赶　奶…189
吃了吗?…198
狗肠子…206
撞名儿…213
撕棉花…222

后记 — 苦乐修行…233

下 洼…71
回望乡关…81
骑行在黄河口…84
日 出…89
夏 夜…92
生长的土地…95
消失的小路…99
大河遐思…104

辑三—**童年如昨**

大奶奶…110
在水一方…117
打滑哧溜儿…124
逮 鱼…129

辑一

故园尚安

老　宅

手机响起,一看是侄子的电话号码,我预感到可能是因为老家房子的事。

电话那头传来的是大哥的声音,大哥说,老屋已经不行了,看来撑不过这个雨季,想让兄弟几个都回去看看,商量个办法。大哥已经年近七十岁,话语里有种历尽沧桑的平静,在我听来却带着一丝哀伤,像是在说一位老人不幸的消息。

这让我想起了昨晚的那个噩梦。狂风大作,暴雨如注,被风雨撕裂的暗夜发出愤怒的咆哮,土坯房在狂风暴雨中摇晃。一声炸雷响过,房子东山墙裂开一条宽大缝隙,缝隙处露出狰狞的天空,雨水从头顶倾泻进来。我想挣扎着爬起来,却动弹不得,想呼喊,声音只在喉咙里呜咽。

台风"利奇马"带来的大雨还在下,已经这样下了七天七夜。我意识到刚才是一场梦,因为梦境太过真切,以至于醒来还认为是躺在老家的房子里。黑暗里,我睁大眼盯着天花板看了半天才缓过神来。脑子里又浮现出父亲的那句话:"老宅子是有灵魂的。"至今我也没完全弄明白父亲这句话的意思。

一

　　黄河口，没有真正称得上老的东西。所谓老宅，也不过七八十年历史，并且，上面的房子已经重建了三次。

　　爷爷那代，是这里最早的居民。初到这里开荒种地，住的是窝棚，随拆随建，居无定所，不堪称其为宅。我所知的第一代的宅子叫薄帐子屋。这种屋子，是四角和承重部位搭建简易木头骨架，再将秫秸秆植入地下，露出部分作为基础墙体，由下到上层层续接绑扎，至两米以上高度，房顶以秫秸秆扎制的条状物紧密排布固定，构成房屋主体。房顶和四周用草泥混合物涂抹，房子即告完成。其坚固、保暖、遮风挡雨能力可想而知。

　　年龄大的三个哥哥和姐姐对那座房子都有记忆。二哥说："那时候还不懂事，我与大哥早晨醒来，争相用头撞击松软的墙体，震得整个房子颤动，以致墙皮脆裂，急得父亲一边怒吼一边跺脚。"

　　姐姐记得，姥爷来过薄帐子屋一次。我印象里，姥爷是一个极富传奇色彩的人物。曾经一人手持铡刀躲在房门后，护住一家人，抵御一群持枪老缺（土匪）抢劫。相持中，姥爷在屋里破口大骂，房门被子弹打得稀烂，却始终无人敢强闯，直至天亮，老缺退去。

　　姥爷到来后，抱起当时只有两岁的姐姐来到屋里，一声不响站了半天，环视四壁，看到捆扎墙体留下的一道道凸起腰线，说了句："满屋的搁盘儿啊！"流下泪来。姐姐茫然地看着姥爷的脸，不知道姥爷为什么会哭。

可以想见，当姥爷看到自小娇生惯养的宝贝女儿，从自己的小康之家嫁入寒门草舍，拖着四个孩子过着衣食不继的生活，心里会是何种滋味。

姥爷默然良久，把姐姐轻轻放下，塞到她手里几块钱，转身默默离去。

二

我出生的房子，是老宅上第一代土坯屋，建于何年何月无法确知。从1962年我出生的年份可以推断，它最有可能建于1958年。自打我记事，它就是一家人的唯一居所，一家十口人，"一个锅里摸勺子"的日子就在那所房子里度过。

那座房子装满了童年记忆。一缕柔软的灯火，一张小小的书桌，还有被父亲束之高阁的几本线装书，都印在脑子里，散发着时光氤氲出的暖意。被灶火煨热的土炕上，靠墙处的被卷，刀切似的，一铺挨着一铺，上面摆放圆形、长条状的枕头，呈一字排列，里面包裹着童年温暖的故事。

一方宽大厚重的窗户，窗心由粗实多边形木段拼装而成，工艺精湛。窗棂缝隙很窄，透光有限，却能把我稚弱的思绪引向很远的地方。清晨醒来，第一眼投向毛头纸透进的亮光，心里便生出对外面世界的诸多幻想。诸如：人们都说天很大很大，那么天边为什么压着远处的树梢呢？为什么故事里美好的事情在南方而不是北方？时常幻想着，到很远很远的南方去找传说中的仙女。

后来，窗户上的毛头纸变成了玻璃。冬日的早晨，玻璃上结满冰花，整个窗户变成晶莹剔透的植物园，有高粱、玉米、大豆、谷子、麦子，更多的是从没见过的阔叶植物。当盯着它们看时，本来是一枝棉花，转眼就不见了，它又成了一个酥瓜。奇妙的是，繁盛枝叶间，能幻化出无穷无尽的画面，有时是一个半身小孩，有时是一个脑袋，有时只是一只眼睛在向我偷窥。那片玻璃像一个神秘的魔幻王国。

那是一座命运多舛的房子，承载着一个家庭挣扎的境遇。十二岁的大哥和九岁的三哥同时辍学，担起改变家庭命运的使命。拾草卖到窑厂，是家庭唯一可行的副业。冬天凌晨三四点钟，他们俩就悄声起身，一个起火做饭，一个将手推车推出屋外，备好绳子、水壶和干粮，捆好搂草用的两具大耙，一切收拾停当，天还不亮。随着手推车的颠簸，他们俩在两个大耙钢齿撞击的细碎脆响中远去。他们前往三十里以外的孤岛，攫取一家人的衣食之需。

两个平均年龄只有十岁的孩子,小小身影踽踽行走在黎明前的夜幕里,悄无声息。冬夜空阔寂寥,此时那两具大耙发出的嗒嗒响声,就像一首孤独的销魂曲,伴随着两个孩子的脚步奏响。

当兄弟俩一推一拉驾着车子,将满载的数百斤干草送到窑厂,拿着一块多钱回到家,已经是晚上六七点钟。回到家第一件事,就是从口袋里摸出那一块多钱交到母亲手上。往返孤岛加上拉大耙搂草,兄弟俩每人每天行程都达一百多里。整个秋冬两季,除非雨雪阻路,天天如此,只能赚取一百多元收入。

慢慢积攒起的那一堆皱巴巴的零碎钞票里,浸透着兄弟俩多少艰辛和泪水,只有他们自己知道,却温暖了一个十口之家的贫寒岁月。正是依靠这点微薄收入,在父母的苦心操持下,这个家呈现出与众不同的气象。

有一年,一些操着南方口音的人来到黄河口。据说那些人是南京长江大桥建设者。他们在村后扎起席棚驻扎下来。很快,周边各地民工蜂拥而来,村北黄河故道的盐碱地被一片窝棚遮盖。那年,南京长江大桥建成通车,南京长江大桥的宣传正铺天盖地。土地贫瘠和文化寡陋,没有限制孩子们的想象力,"要建南京长江大桥了!"这个消息带着孩子们的兴奋在这块荒洼之地传播。

孩子们的"南京长江大桥",其实是一座引黄淤灌闸。它巨大的桥墩、厚重的闸板、只有吊车才能搬动的钢制构件，都超乎当时人们的想象。别说从来没见过水泥物件的孩子，即使是大人，很多也从来没见过这样壮观的建筑。引黄淤灌闸建成后，大规模淤灌蓝图展开。秋冬农闲季节，都会有大量民工涌来，有的住农家，有的搭建窝棚，修堤筑坝。开阔的原野，被划成网格状区块，实施分区淤灌。很多村庄，在统一规划中需要整体搬迁。邵家屋子村被一条引河分割成了东西两部分，村西的七八户人家成为一座孤岛，家中老屋就在那座孤岛上。按统一规划和补贴标准，一间房子补贴三十元，需要举家搬迁。

　　人们对搬迁这件事一反常态地消极，家家笼罩着一片愁云。人们每天都在收拾准备，却没有一家主动拆房，渐渐地，这件事搁置下来。于是，人们开始在自家房子四周修建堤坝，构筑堡垒，抵御即将到来的洪水。

　　"吹沙走浪几千里，转侧屋间无处求。"夏汛季节，黄河裹挟泥沙奔涌而来。开闸放水之际，数百流量的洪水直扑距离闸门不足五百米的村庄。灌区内的几户人家，顿时被洪水包围，恰如漂浮于汪洋中的片片孤舟，陷入与世隔绝的风雨飘摇之中。在洪峰间隙，人们才能涉水购入生活必需品，有时十多天不得出入。

　　"看海"的日子是难熬的。放养大的孩子，耐不住寂宽,一离眼就跳进水里游泳,或把家里簸箩扔下水,坐进簸箩里划船。家家户户看护孩子,守护堤防,不舍昼夜。只有洪峰间歇才能端着饭碗,站在自家"城防"上,与邻居高声互致问候,谈论柴米油盐之事。

开闸淤灌时间也是黄河口的雨季。夏雨时节,大雨连绵,"内涝"才是家园的最大威胁。

那也是一场大雨,雨不知下了几天几夜。一天夜里,父亲被屋里水声惊醒,掌灯一看,屋里地上一片晶莹水光,水面上,一只老鼠正在摇摇摆摆游动。父亲急忙叫醒熟睡的孩子们,兄弟几个连忙起身,只穿裤衩跳下炕。在大哥的带领下,年龄大的提水桶,年龄小的拿脸盆,赤裸上身冲入屋外的大雨中。他们先是把堤防挖开一个缺口,降低护堤高度,减少排水阻挡,再将草席、苫子铺在缺口上加以防护,开始往堤外扬水。

大雨中,围绕房屋打起的堤防,变成了一个封闭的盆地,房屋坐落中央,压缩了盆地的蓄水空间,水位上涨极快。更可怕的是,如果被雨水淹没至砖根脚以上的土坯,黄泥与麦秸打制的土坯会迅速瘫软,墙体就会坍塌。

雨越下越大,排水速度只能维持到水位不再上涨。降雨一旦减弱,兄弟几个不敢稍有怠慢,努力把水位往回压。在与时急时缓的大雨争夺中,经过数小时的抢险,屋外的水位方才降至安全线以下。这时父亲带着姐姐和我,拿起面盆、水瓢等开始从屋里往外排水，弟弟也不闲着，光着身子蹲在水里，用勺子一勺一勺往外舀。直到天亮，一家人才把屋里屋外的积水排完，连累带饿带困，个个水鸡似的瘫软在堤坝土坡上。

雨还在持续，只是已经小了许多，院里雨水蓄积速度明显放缓。于是，兄弟几个在排水口处挖一蓄水池，待池水蓄满，兄弟四个，两人一组，轮流用斗子往外打水。在大雨和洪水中，老屋度过一劫。一场老屋"保卫战"，植入了家庭历史和那座老屋，老屋融入了家庭每一个人的情愫。

三

老宅上第三座房子修建于二十世纪八十年代初。那年我已经参军入伍，三年后，回家探亲才见到新房。房子坐北朝南，一排五间正房，三个明间一个里间，东侧一个独立单间；十一层红砖根脚加土坯墙，净高三米三，净宽五米。它的模板是革命荣誉军人、大队书记家的房子，当时村里仅此两座。我一直认为，这座在老宅上重新建起的房子里蕴含着父母的一股心气，却一直没有从父母口中得到证实。

老屋似是随着父母亲的离世老去的。父母离世前，曾经跟着二哥在城里住过几年，每年雨季到来之前，都要专程回家看看这所老屋。老屋里所有东西都盖了衬布，母亲每次进到屋，除了偶尔会揭开布满灰尘的盖布，低头看一眼下面，几乎不动任何东西。有一样东西例外，就是里屋靠近内墙的一个箱子。那是一口生了包浆的红漆木箱，镶一枚碗口大的圆形铜质锁盘，心形锁扣也有巴掌大小，上面挂着一把铜锁，那把铜锁上的钥匙母亲从不离身。回到老屋，母亲都要亲自打开箱子，翻开里面的被褥，露出箱底那几件绿色缎子衣料。箱子和衣料是她结婚时仅存的嫁妆。衣料光鲜如新，她伸手抚摸几下，再把箱子合上锁好。而后，她不声不响在屋里转几圈，直到看遍屋里每一个角落。父亲回到老家关心的事情不同。他先是绕着屋子转几圈，不时停下来，对着需要修缮、整饰的地方审视一番，对大哥一一做出交代，再就是进屋看一眼堆满里屋的那些酒。后来，大哥和三哥无须父亲再做交代，每年开春都会对老屋进行一次简单修缮，整修后的房子焕然一新。

　　父亲最后一次来到老屋是病重以后。平时父亲都是亲自打开家门，这次钥匙交在了大哥手上。老屋门上的锁用了多年，已经十分陈旧，看上去就是一块布满油腻的铁疙瘩，钥匙的柄和齿磨得光秃，锁孔很淡。大哥费了一番周折，仍不能打开。母亲上前接过钥匙，插进锁孔，只轻轻一拧，那把失去开闭脆响的老锁就无声地开了。这让我想起一只等待主人的家犬，心中生出无端凄楚。

回到老屋是父亲的遗愿。被安放在炕头的那一刻，昏迷多日的父亲用力睁开眼，两眼慢慢睁大，像是从一个长梦中被惊醒，直视屋顶多时，然后长舒一口气，又缓缓地闭上眼昏睡过去。父亲去世后，母亲再没单独走进这座房子，直到病重才执意回来，在父亲躺过的炕头上，度过了她生命最后的时光。

我每次回老家都会去老屋看看，老屋老去得很快。仅一年，无人出入的天井里，已经生满荒草；再去看时，老屋又经受了几年风刮雨淋，泥糊的墙皮开始脱落。院子四周，父亲扎得结结实实的薄帐子全部倾覆在地，院子里野草几度枯荣，变得一片荒芜。

2011年清明，是最后一次见到老屋完整的面貌。修补过的墙面再次开裂，修补处与原有墙面对比鲜明，犹如突兀的疤痕。为防止窗台被雨水冲刷，砌了水泥台面，下面贴了几叶黄泥瓦片。从墙的东山伸出的一面墙头，上方用水泥固定的瓦片脱落，经过雨水冲刷，开始残破。位于西侧的偏房门前，父母用过的一口大缸静静地躺着，缸口正对院门，像是在对来人诉说它自己的那段历史。我走过去，把它口的朝向掉转，面向墙角。院子里一片寂静，老屋孤独地站立着。

走近老屋，脚下被尖锐物刺得嘎嘎作响，鞋面裤脚是针刺划出的沙沙声音。我端着相机蹲下身,下身感到针扎的刺痛,才发现院子里两棵枣树,密密实实繁衍出一片小枣树苗。它们经历了一个冬季的洗礼,尖锐地挺立着,把野草全部欺灭,独占了整个天井。拍下几张照片,父亲每次回家审视老屋的样子又浮现在眼前,我忍不住眼泪流了下来。此后,有八年时间我再没靠近老屋。

  有了微信以后,从家人上传的照片里,我时常会看到父母的那座老屋。最先坍塌的是那一截残存的墙头。后来,院子里混杂丛生出一片树木,树木又被藤蔓植物攀绕,从门前的公路上看去,视线被遮挡,老屋变得模糊不清。不知什么时候,位于院子西侧的偏房也消失不见,想必也已经坍塌。

  有几次,我想起老屋里的相框。挂在方桌上方的墙上,一共三个。其中有一个我记忆深刻,那是用方形木条制作的细边相框,不知是长期烟熏还是有意着了墨色,呈深黑色,里面是父亲年轻时唯一一张照片。照片中,一张长条凳上并排坐着四个人,父亲手里拿一纸卷儿,位居左起第二位,一条腿搭在另一条腿上,正前方摆放一盆绿植,绿植枝叶茂盛,照片中的人显得自然随意。照片拍摄的时间、地点和照片上的人,不曾记得父亲提起。只记得父亲回忆,他手里纸卷和膝前绿植,是摄影师布置的道具,绿植是就近挖来的一棵苍子,临时埋进一个瓦盆。那张照片一直保存到父亲去世。我猜测，照片里大概记载着父亲短暂的革命经历。我从父母的只言片语中知道，父亲曾被指派去延安学习，新中国成立前夕还曾被安排南下，父亲都没去，父亲是个恋家的人。

父亲有用新照片替换旧照的习惯。每有新照片，父亲就打开相框，选一合适位置，把新照片放进去，旧照也不取出，只是被覆盖在新照后面，再将相框钉好。后来父亲那张照片不见了，大概是被叠压进了新照片的后面。那照片是父亲年轻时候留给我的唯一印象；而父亲的现实形象，自打我记事起就是个老头儿，想来父亲那时也不过四十几岁。

我记挂的还有封存在相框里的旧照片。父亲年轻时候那张照片、我小学毕业时拍的人生第一张照片、高中毕业时的毕业照等。在我的想象中，那几个相框里应当隐藏了不少儿时记忆，也存储着家庭的历史线索，这渐渐成了我的心事。我还曾经设想，把那个黑边儿相框取回来，将老照片重新布置，挂在书房的某个位置留作纪念。有一年回老家，我向三哥问起，三哥从抽屉里拿出一个纸包。我打开一看，里面有十来张照片，大多不是我要找的。一抬头，却看到那几个相框挂在三哥外屋的墙上。姊妹八个当中，只有三哥一个人还居住在村里，也许这里才是那些记忆应有的位置。

四

雨终于停了，兄弟几个相约回到老家。院子里一片狼藉，老屋所有附属建筑全部坍塌。坍塌的还有位于东侧的那间独立的正房。

我结婚以后，每年回家过年都在那间房里居住。城里新家换家具时，我把结婚时购置的写字台、梳妆台和床运回家安放在那间屋子里，那里是我在老家唯一的存身之所，如今它已经化为乌有。剩余四间房，东山墙被雨水冲刷得伤痕累累，只可看出九根檩头压出的残痕，地上躺着那间房子留下的废墟。

在西偏房与正房之间的废墟里，唯一可以识别的是饭棚里的一个灶台，它坚强地立在几片破瓦下面。我眼前仿佛出现了母亲忙碌的身影，她正在为一家人烙饼，手持盖垫子，从屋里到饭棚出出进进。有时盖垫上托着一张饼，有时提着空盖垫转身，自己擀制，自己添草、续火、看锅，一张张热气腾腾的大饼从锅里抄出，很快在灶台盖垫上叠起一摞。我突然意识到，那个在这所老宅奔走了一生的女人已经离去多年了。

"老宅真有灵魂吗？"我又想起了父亲的话。

故园尚安

再一次睡在这所老宅,已经是十五年后。一觉醒来,宽大的玻璃窗透进晨曦微光。抬眼目视上方,是雪白的天花板,我意识到,这是在老宅新建的房子里。

再闭上眼睛,曾经的记忆又出现在眼前。檩子和苇箔浸润了油烟,散发着暗亮光泽。一条被称作"净木"的房梁,通体没有疤痕,熏成了古铜色,粗细成人方可环抱,孩提时的眼中,显得尤为粗实,在只生野草不长大树的黄河口乡村,已属罕见之物。早晨醒来,我时常望着那架粗大的房梁出神。一条裂痕,由细到粗,再由粗到细,曲折延伸,直至消失,成为另一条裂痕的起点。有时候,我会努力想象它作为一棵大树的样子,它来自何方?脑海里会生出一片茫然。现在想来,那应当是一棵杉树,而杉树,是我到南方当兵之后才第一次见到。

颈椎毛病让我微微不适,我习惯性地用力摇晃几下脖子,怀念起母亲做的长条枕头。那枕头,由一条长约八十厘米黑色粗布布袋装填谷糠,两头用正方形布片封堵而成。这样缝制的枕头,两头方正,中间趋圆,粗若碗口,分量不重,丰实又有弹性。家里男孩中,我排行第五,与四哥、六弟年龄相近。小时候睡觉,通常俩人睡一个被窝，我先与四哥合睡，后与六弟共枕。冬季寒冷，仰卧或相背，冷风容易从两人缝隙中侵入，同向侧卧、屈膝，方可珠联璧合。兄弟俩和平相处时，一只手臂搭上对方的腰际，裸身相拥，赤诚相见，也算受用。偶有一方跟随父母走亲访友，一人享受两人的巢穴，顿觉舒适泰然。独享一床被褥是幼年时的期待，这种期待是漫长的，要等到一床窄小被子裹不下两个人的身形。然而，哥哥离开，弟弟继之，只能盼着快快长大，结束这种两棵小人参似的"捆绑"。

长条枕头，要比现在的扁平枕头舒适许多。它高度与单肩宽度相当，睡觉时，身体保持侧卧，枕头填充肩颈之间，颈项保持平直，头部得以依托，睡姿自然，两人共枕，恰尽其用。自小养成了侧卧睡姿，一直保持至今，城里用的扁平枕头，始终没能适应。近年，长期伏案造成的颈椎劳疾，加之睡眠不好，愈发感觉肩颈不适，辗转反侧中，每每归咎于枕头过低，时常把枕头推耸挤压至床头。

新房里，是一应全新的家具。床垫偏硬，躺在上面，恰如火炕的坚实可靠，有种放平身心的踏实。回想昨夜，一如往常，因起夜、翻身醒来两次，外面很静，心里也很静，随即又重新睡去。一夜无梦，再次醒来，是久违的轻松舒爽。目光转向窗外，已经天光大亮，屋外开阔院落里，是一片自小看惯的黄色土地。

这所宅子，承载着刘氏家族八十余年的历史。八十年前的一个春天，十六岁的父亲，推着一辆独轮车，一边是农具家什，一边是铺盖，铺盖上坐着腿有残疾的奶奶，爷爷身背细软之物徒步跟随。与刘氏三口同行的李姓、高姓、邵姓，几家人都是单门独户，不同姓氏结伴而行，是生计需要。他们之间，有的结为干亲，年龄相仿的年轻晚辈，则拜作把子兄弟；新一代年轻人结婚成家，有的新婚夫妇不等孩子出生便指腹为婚；还有的夫妇，孩子刚辨出男女就订"娃娃亲"，以此作为纽带，密切联系，互通有无，相互接济。他们顺黄河而下，目的地是二十公里外一块黄河新淤土地，那里已经有了一个地名，叫张怀荣屋子。张姓是最早流落此地的人家，此后，有人投亲而来，聚居成一族大户，所谓大户也不过三五户人家。

向着黄河口奔波的人群里，不乏用一根扁担，两个紫穗槐编制的圆筐，担着一双儿女和全部家当，身后一个小脚女人奋力追随的身影。在我想象中：女人们，为了追赶男人的步伐，一双裹残的小脚，脚跟着地，脚尖上扬，努力地摆动双臂，飞速倒动着碎步，以至于脚跟扒得地面咚咚作响，一步却只能迈出二三十厘米。她们面无表情，不时捋捋额前乱发，擦擦脸上的汗水，头都不回，执着地奔走着。对于她们来说，二十多公里行走，无异于奔命。在她们心里，只要可以生儿育女，未来就是希望。那些身影里，就有后来成为我岳母的一个女人。她出生在盐窝街市井之家，家境殷实，身为长女，自小操持家务，照料弟妹，打理生意，是一把持家好手。十八岁嫁入张氏家门，婚后分家，只带一双儿女，净身出户，毅然随丈夫来到黄河口，为了养活孩子，在盐碱滩上苦熬八年，一次也没回过娘家。女人啊！只要有孩子，她们就有明天。

此后数年，我的父亲和爷爷一直过的是"走耕"的日子。农忙时节，到黄河口耕种、除草、保苗管理；农闲时，回到利津老家，做点小本生意维持生计。人种天收，秋季一副担子或一辆手推车，将一年收获运回。遇黄河泛滥年份，大河漫流，黄河口一片泽国，汛期过后，一年艰辛化为乌有，荒原上满目凄凉。前来秋收的人们，变成了拾荒者，他们打捞起高处残存的庄稼，捡拾些胡绿豆、野豆子带回家，贴补贱年。胡绿豆、野豆子都是荒年"代食品"。两种食物，耐火极强，不怕蒸煮，口味苦涩难当，食用过量会造成通便不畅，甚至可致死，研磨成粉，掺入其他主食一起烹制方可食用。

母亲过门时，正值冬季农闲。一番热闹过后，安静下来，发现一家人寄居在别人家的偏房里，家徒四壁，看热闹的人离去，家里只剩两个男人和自己。那时候，象征一家烟火气息的奶奶，已经埋尸黄河口荒野。结婚倾尽了一家所有，接下来的春节，正面临"吃不上饺子"的窘境。

母亲是姥爷唯一的女儿，遗传了姥爷的刚强秉性，三日回门，来到娘家，不提一个"难"字。母亲出嫁后，一直不愿认这门穷亲的姥爷，终没忍住对女儿的牵挂，悄悄来到刘家，只在门口看了一眼，没等一家人做出反应，遂转身离去。第二天，家门口来了一辆马车，送来半车年货，赶车人母亲熟悉，是家里的长工大换。大概是因姥爷交代，卸完车，大换连口水都没喝就离开了。

除夕夜，原本两个男人的家庭，因多出一个女人，有了延续香火的希望，也平添了几分烟火气和温度。新婚不久的父亲，特意在桌子上多摆了一副碗筷，那碗筷属于"天堂"的奶奶，奶奶孤独地待在二十公里以外的黄河口，那是张怀荣屋子地界上的唯一一座新坟。

老宅上建一座新房，是为留住一个家族的根基。老宅门前，是村里唯一一条主街，小时候称之为"大道"，"大道"与村子的历史一样长。老宅第一代低矮的土屋里，曾经共同生活着一家十口人。每到吃饭，八个孩子就会在锅台前排成一条长龙，等待父亲亲自盛上的第一碗黏粥。前邻多子家，没有男孩儿，多子爹对我们一屋子"带把儿"的孩子，甚是羡慕。来家串门，进屋第一句话至今记得真切："还有十年，再有十年就行了！"

十年在恍然之间。不知不觉，兄弟姊妹像一颗颗漂泊的种子，离开故土，各上旅途，故园变成回望中的风景。正如邻居所言，十年间，家境有了起色。我当兵第二年，老宅上建起了第二座房子，在村里形如"葫盖子"的低矮土屋中，俨然一种鹤立鸡群之象。数十年，它伫立村子西头，昭示着刘氏家族的气象。

门前，是西部村庄通往公社的必经之路。村西六里左家庄，也从利津老家左家庄迁徙而来，就故乡而言，与我家属一支所出，本是同村。每逢集市，总有相熟村民从门前经过，父亲总是站在门前主动招呼："吃了吗？""来家坐坐喝杯水吧？"以示亲近。

一次，父亲不在家，六弟尚小，正蹲在门前菜园子里玩儿，一位老者从门前路过，指着房子提到了曾祖那个陌生的名字："刘长山家能有今天，真是没想到啊！"这话恰被六弟听到，直到多年以后，六弟还经常提及此事，这样的议论，一直被六弟视作门庭的荣耀。

近年，村里新建房屋，都是高大宽敞的红色砖瓦房，老屋在时光变迁里日渐萎靡。尤其父母离世之后，房子无人居住管理，在风吹雨淋中迅速老去。它像一个老人，孤独地站立在路旁，渐渐地，它成为兄弟姊妹的一桩心事。终于，随着一场大雨降临，偏房开始坍塌、颓败，正房也变得岌岌可危。应大哥召唤，兄弟姊妹再次齐聚到老宅。我看到它的第一眼，首先想起的是那位老者的话，只是话语里已经不是对一个家庭兴旺的赞叹，而是"兴也勃焉，衰也忽焉"的感慨，心中不由生出莫名落寞与悲凉。

"老宅上重建一所新房吧。"大哥说。这个建议很快成为大家的共识，建房款由兄弟七人共同分担，姐姐为姊妹八人各做一套被褥，于是老宅上又伫立起第三代房子。

是年中秋，逢国庆节长假，姊妹八人，携同后辈二十个小家庭从各地赶来，共计五十八口人回到老家，庆祝新房安居。舅舅作为唯一近亲长辈，与妗子和表哥、表弟应邀参加。三哥与七弟请来厨师，支起锅灶，以"大锅炖"加配菜款待远道而来的家人。室内置大桌，是长辈的席面；院子里十几张小桌排开，晚辈以家庭为单位就座。席间，晚辈轮流进屋向长辈敬酒，一家团聚，其乐融融。

此次来到老宅居住，是在安居仪式之后半年，前后共住了七天，这是自我当兵离家住得最长的一次。我和妻子说：以后我们要经常回来，因为这里有我生命的根，是我安心之处。

清　明

　　明天清明，晚上又失眠了，失眠是近几年才有的事。清明节回老家上坟，是多年定例，习以为常，夜里所思，无非家庭旧事，无兴奋或牵念可言。思绪一如疯长的藤蔓，触须蔓延，无以收敛。每每至此，我便专注于墙上钟表的嘀嗒声，或者悉心倾听自己的心跳，保持气定神闲，与"睡神"耐心周旋，以期将它骗入睡梦的"魔瓶"。凌晨两三点钟，蒙眬入睡，梦到了母亲，她坐在小时候老屋的炕沿上。我心想，母亲不是去世了吗？怎么又回来了？悲喜交集，我双膝跪地，趴在母亲双腿上，无声地痛哭。此时心情，不是悲，不是喜，是释放一种痛。

　　曾经有一个时期，认为上坟形式重于内容，添坟、压坟头纸、烧纸钱，女人们号哭，男人们跪地磕头。对此旧俗遗风，多少有些排斥。上坟，只是借此家人见面，叙旧谈今，为亲情添续些温度，这种认识，因父亲去世有了改变。

　　父亲病逝，父子阴阳两隔。一场剧烈的悲痛过后，心绪平复，生活如旧。不觉间，心底苦涩不断渗出、积蓄，心情渐渐不堪重负。也是清明前的一天，恰逢妻子不在，工作原因不能回家上坟，自感郁闷。晚饭，自斟一杯酒，酒意上来，再添半杯，酒至微醺，拨通七弟电话，对清明不能回家作以解释。酒使话多，心生内疚，动情处居然不能自持，以致声泪俱下，泣不成声。那次上坟缺席，成了一个心结。

清明因寒食节繁盛。寒食节，始于晋文公重耳与介子推故事。股肱之臣介子推，"割股啖君"轶事，经儒家文化滋养发酵，成为忠君典范，被摆上历史祭坛，符合儒学"大道"。介子推火焚之日，禁火寒食，设庙堂公祭，便是"州官放火"百姓"寒食"节日的由来。在庙堂烟火熏陶下，清明这一普通节气，日渐隆盛，它何以由公祭演变为民间祭祀祖先，不得而知。寒食节香火，由庙堂引向荒野坟场，使源自禁火规矩的香火，经常引发火灾，反倒有些值得深思。

清明前两天，黄河口民间称作大寒食、二寒食，清明节当日是三寒食。大寒食、二寒食是上坟的日子，此后，人间香火（发给先人的"钱粮"），便无法送达天界，借此，祭奠活动框定为介子推焚死日。一缕烟火的故事，牵曳起两千六百五十年前关于介子推的一条文脉，昭示出中华文化的博大精深。禁烟火、吃冷食，据传曾经被曹操废止，如今已无人恪守。清明，这个春和景明的日子，人们祭祀完祖先，带着身心清净，踏青赏春、放风筝、踢蹴鞠，渐以成风，约定俗成，丰满了寒食节日，成就了清明，此中是一缕文脉的渐进。

清明假期制度，使城里人得以回乡上坟祭扫，远离烟火的人们回归，少有忌讳，家人将就，寒食上坟变得随机，一些家庭有时也在清明当日上坟。时光荏苒，旧时规矩正坍塌进时间的河流，逝者如斯，心境迁延，令人心生落寞。

小时候，爷爷的坟，是一个地理标志，这一片地域，还有个名字叫"三扣"。方言中，抓阄称作"抽扣"，后者说法，大约是生产队时期，重新规划地亩留下的叫法。不管是"爷爷的坟"还是"三扣"，在我心目中，没有任何感情色彩。幼年时的心，像荒野里小小的旋风，没有负累，轻灵地飘来飘去。

那时候，家族墓地里东西并列两座坟，一座埋着爷爷奶奶的尸骨，另一座埋着从祖籍捧回的一抔黄土。一抔黄土象征曾祖的灵魂，把"他"埋入祖坟，为了缅怀，也为记住被黄河水漂走的家园。爷爷的坟，是我剜菜时经常的去处。坟地四周是大片荒地，遍生野草，想必那是我家的祖地，大约因为贫瘠，在生产队时期已经荒废。父母提及爷爷极少，他古怪的脾气，我是通过母亲提到的一件事知道的。大概是一个春夏之交，天气燥热，爷爷下地干活回来，因稀饭不够喝大为光火，对母亲大吼："没看到今天刮的是西南风吗？"

爷爷是把种地的好手。定居荒洼以后，父亲很长一段时间担任公职，爷爷靠一己之力，起早贪黑，开垦出了这片土地，供养家人，个中滋味，只有长眠此地的爷爷，那位单身大半生的男人冷暖自知。

后来祖坟迁入公墓，在家的男人们参加了那次迁坟仪式，我在南方当兵，没能亲眼见证。我的同辈人，第一次见到传说中的奶奶。这位只活了三十七年的女人，已经是一堆尸骨。父亲亲自从一汪泥水中，摸索着捞起爷爷奶奶的尸骨，父亲在奶奶腿的部位停顿半天，取出两截腿骨时满脸泪水。据父亲说，他摸到，奶奶因风湿病不能伸直的一条腿，数十年后依然弯曲着。也许，奶奶的残腿勾起了父亲的伤心记忆，当爷爷奶奶再次下葬时，父亲在坟前长哭不起，父亲嘴里不提爷爷，只哭"亲娘"。

自打记事，很少见父亲到爷爷奶奶坟前。唯一一次听到父亲哭声，却是在为爷爷奶奶上坟的时候，那次父亲哭得悲痛欲绝，同样只哭"亲娘"。这个自小失去母爱的独生子，发出的是什么样的心声呢？是感慨颠沛流离的生活，是自幼丧母的孤独，还是父子生活的委屈呢？父亲的哭声里，不知饱含了多少难言之隐。

私家车和高速路,让回家的路不再漫长,七八十公里路程,不过一个小时,举足之劳,却没有使回家变得更频繁。父母离世,兄弟情分似难以拴住高飞的那个风筝,哥嫂家,再不像父母那方大炕,让一颗漂泊半生的心得以安静。以往,每逢春节,兄弟姊妹都有走动,随着年龄增大,尤其大哥已经无力操持家庭聚会事务,团聚渐少。人生,就是一辆驶向终点的列车,兄弟姊妹从一个起点出发,却各自走向不同归宿,渐行渐远,也属必然。

近几年回家,喜欢走黄河大堤。过胜利黄河大桥,到黄河右岸,自桥头右后转,从桥下穿过,上坡便是黄河大堤。如今,黄河大堤变成了一道风景。清明时节,春风轻抚,柳丝摇曳,万物复苏中,似有朦胧的慵懒,却处处充满生机。大堤两坡,密密实实的护坡草,平展展的,绿意盎然,细密草尖上的露珠,晶莹剔透。雾霭沉落坡下,坝壕里草木缥缈可见,远处的黄河,无声地流向大海。眼前的柏油路,夹在两行绿柳中间,带着清晨的潮润,更显漆黑。一条鲜明的黄线,从公路正中蜿蜒开去,使大堤宛如美丽画廊。沿黄河大堤前行,六七公里处下坡,穿过一个村子,就是直通门前的道路。我选择了一直往前,前方不远处,就是记忆中的引黄灌溉闸。约略在它曾经的位置停车,此处已是一座新建的小闸。小闸背靠黄河,正面是那条引河,引河把老家村庄分割成了东西两部。我审视半天，发现了大闸废弃的残迹，两个桥墩伫立前方不远处，变成小闸放水的通道。记忆里的大闸，如今成了曾经的传说，不知它的残存还能站立多久。时光无声，一切将被它带走，人生旅程结束的时候，记忆就会消散，心里掠过一丝惆怅。突然，生出一种冲动，想一直往前走，走到小时候下洼拾草的槐林，随即，冲动又潮水般退去。"心马"如箭，几年前就发现，脚步已经跟不上心的驰往，想法与冲动经常被迫交由将来，将来又是什么时候呢？

站在黄河大堤，顺引河望去，五百米处是我家老宅。老宅是一个家族的根基，生长于斯，它便是你一场人生旅行的起点，又是归宿。人到中年，它在心中分量越来越重。老宅上的土屋，在一场大雨中破败，拆除老屋，似拆走了浸润在老屋泥土里的温暖记忆，氤氲其中的情感也随之消散。经姊妹八人商议，合力重建新房，在老宅上留住一份念想，用以牵挂那缕情思。新建的红色砖房，赫然在我目光的驻留处。房子平时无人居住，大约只是清明、十月初一（农历）两个上坟日子，亲人回家时的落脚点。想必，它的寿命会比我长，必将也会因没人陪伴很快老去，对它的命运我不愿多想。砖房冷硬，少了土坯房的绵腻温厚，好在它保留了老式民宅面貌。细心的七弟，在正房东侧设计了偏房，盘起锅灶，房子格局，恢复了我和弟弟记忆起始时的模样。新房建好，使断炊十四年的老宅重现炊烟。

黄河口，文化根基陋薄。自小，没见上坟旧礼，所见所闻，也算庄重肃穆。购买"纸钱"，一般不托人代办，即使不得已请托他人，钱再少都要奉还。所购"纸钱"，要经过精心打理，先用大钞，在整摞"纸钱"上排布按压，再整理成一打打扇状，尔后对折，叠放整齐，置备酒菜吃食，一同放入白色柳条筼子。准备过程静穆严谨，精细入微，用这种程式和态度，表达对神明敬畏，以此虔诚，唤回天堂的神明，倾听后人心声，护佑他们命运。

"举头三尺有神明。"神明近在咫尺，给人以抚慰，也让人有所敬畏，由此达成阴阳贯通。血亲纽带下的宗法制，营造的法外柔情，把最酷烈的法制传统，浸润得礼法相容，儒化成柔可绕指的文化体系，成为社会稳固的基础，世所无双。

如今上坟，不同以往。一人手揽筼子，众人尾随，脚碾黄土，微尘轻扬，默然走往坟地的景象，已不复存在。去往公墓的路上，绵延逶迤，是一排车辆。商人打通了"阴阳"阻隔，世间奢靡之风，在阴间蔓延。祭品顿然丰富，有黄表纸、食品等"钱粮"，有纸马，还有"豪华大楼""奔驰轿车""金元宝"及各色奢侈品牌，大面额冥币竟达一万亿元，"天堂"净土，变得烟熏雾绕。

家族墓地，是一块三角形坟场。顶端是曾祖，其后并排着三座坟墓,分别安眠着爷爷、大爷爷、三爷爷,父母的坟在第三排。父母"身后",将是我们兄弟七人,空间甚为局促。四哥,故去两年,坟头的野草告诉我,他已安眠地下,再不醒来。大哥是要操心的,他嘟哝着用脚画出了自己的位置,然后用步幅丈量着整个空间,每走一步,便是一位兄弟的"归宿"。我排行第五,不由瞄一眼四哥坟墓旁边,那里是一隅荒草,那个位置属于我。记得二哥说过,他将来要葬于家族墓地,回家"守祖"。对于后事,我还没有想好,也不去多想。在这里,第一次感受到,生死相隔如此之近。

家里上坟,持守简约。基本采用传统祭品,只有姐姐会买少量冥币。祖坟上的"纸钱",都是大哥亲自点燃,女人们围拢在父母坟前,单独点燃父母的一份,再将火苗引向其他坟前纸槽。

在女人们一片哭声中,烟火袅袅,忽隐忽现,缭绕升腾中,一缕青烟直上云天。缕缕烟雾,是去往天堂的信使,将人间供奉交付先人,勾连起了天地间的思念与牵挂。这一刹那,眼泪模糊了我的视线,顿生肃穆与敬畏。我双膝跪地,身形直立,尔后躬身俯首,将头点地,在对先人的敬畏中,寻找自己灵魂的归属。

老　家

那几间破败的老屋、穿村而过的小河、笼罩在烟波渺渺中的村头大树、水塘边人们踩着汲水的古碾台……镶嵌在童年的记忆里，时常伴随着梦境飘进脑海，梦醒情绪便笼罩进某种愁绪。每次醒来总对妻说：有时间回老家住几天。

进村首先路过大哥家，车停在大哥修葺一新的房子前。初夏的空气，滞重虚幻，整个村子似乎凝结一种压抑的情绪，无声无息。大哥家门紧闭，他已于几年前离开村子搬进了县城。他的离开是出于无奈，两个在外工作的儿子相继结婚生子，算来算去大嫂成了带孩子的唯一人选，从年轻没做过饭的大哥只能作为"家属"相伴。地种不成了，大哥就弄了张网，买了辆电瓶车，每天早出晚归回到村边打鱼消遣，一高兴就到三哥家喝他个"酒过三巡"。

大哥离开村子不久，由于过不惯城里生活，曾经来二哥家住了些日子，偶尔我也过去陪陪他。兄弟相聚自然要喝些酒。一提起老家，本来有些酒量的大哥，几杯酒下肚便开始有了醉意，反复嘟囔：儿不嫌母丑，狗不嫌家贫，那里是咱的家啊！

前几年雨水大，家里的土坯房被冲得墙皮稍有脱落，大哥硬是要求两个儿子维修，最后只好铲掉墙皮，在外表镶一层砖进行全面修葺，所花费用远超过房子的价值。我知道大哥这是和儿子宣示将来回家坚守的决心。

由于父母离世，其他人也先后离开了村子，回家只能奔着三哥来。与三哥见面，不管短暂分别还是久别重逢，都不会有任何寒暄。三哥总是那两句话："刚到吗？"或者"早到了吗？"

见我执意先到坟上走一趟，三哥提出陪我一起去，本想拒绝，与三哥眼神相对的那一刻，话语立刻融化在了喉头。三哥的眼神里饱含着不舍、不放心，好像又都不是，似乎在他背上长大的这个弟弟，只要他在一直都是个孩子，来到家就应当由他领着。

走在通往家族墓地的那段极为熟悉的路上，兄弟俩绝少说话，只听到一前一后的脚步声。眼前仿佛出现了四十多年前那两个孩子。一个十几岁，一个五六岁，也是一前一后默不作声走着。大的是天性少言寡语，小的因为母亲带着两个最小的弟弟到姥姥家去了，想娘，难耐孤独。哥哥为排遣弟弟寂寞，也为管住弟弟的馋嘴，免得在家动不动就放声号啕，便带着弟弟到野外下夹子捕鸟。那个腰里挂着一串铁夹子的少年就是三哥，那个满腹郁闷的孩子就是我。沉浸于追忆里的我，内心被温暖填得满满的。

听父亲说,这里的先民可以追溯到明朝初年,他们也是唱着那首"问我故乡在哪里,山西洪洞大槐树;问我故乡叫什么,大槐树下老鸹窝"的民谣流落到了这里。七十年前,黄河泛滥改道,父亲的故乡和先辈们的尸骨再次被掩埋进了河道,爷爷领着十几岁的父亲,带上一捧象征曾祖灵魂的黄土,来到黄河入海口处的一片沼泽。

墓地里矗立着七座坟头,埋着当年在这里拓荒的一家三代人,包括我爷爷和父母。坟上已经添了新土,坟头上的纸在风中瑟瑟作响,我似乎听到了父母的气息,看到了他们的微笑,突然间我心静了。跪在父母坟前的那一刻,仿佛一曲无声的天籁传来,心湖里那一泓春水涌向眼帘。

扫墓回来,我单独来到旧宅,宅院里一片颓败。门前杂草丛生,父亲修补得结结实实的篱笆帐子早已消失,仅存的根基是一道依稀可辨的小小土坎。上年秋天三哥收获过的玉米茬,虽然已干枯萎绝,依然尖锐地站立着。老宅黄泥墙皮斑斑驳驳,有的地方已经脱落或即将脱落,有的地方是脱落又修补过的痕迹。位于院落西侧的偏房,显得低矮萎靡,墙角处堆放的几根树木,还像五年前一样静静地躺在原地,表面呈现着灰白色,斑斑驳驳中刻下了时光的痕迹。正房这边,那扇铁门已经五年没人开启,在时光中变得锈迹斑斑,蓝色的纱网依然完整，却经不住轻轻触摸了。窗户玻璃上的灰尘描摹着风雨的痕迹，透过窗户依稀可见窗台下的桌子和靠北墙的土炕。父母在世时那方曾经给人无限归属感的土炕，如今落满了一层厚厚尘土。

2002年，母亲查出食道癌，父母被二哥接到城里生活过几年，弥留之际他们都不约而同地要求回到老宅，把他们安放在老宅的炕头上。

临终的生命如一缕灯火，掠走父亲生命的是一缕清风。我清楚记得，就在这个炕头上我侧卧在父亲身边，头挨着父亲的头，无助地倾听着父亲短促的呼吸，只感觉气息越来越短……分明能感受到那缕生命之火，在烈烈挣扎中渐行渐远……父亲生命终于在一缕微弱的轻风中飘走了。

母亲比父亲走得安静，也是在这个炕头上，我也是侧卧在母亲的身边，也是头挨着母亲的头。母亲的气息，如一盏耗尽了油的灯火，越来越小，越来越微弱，最后那粒蓝色灯火，轻轻地、轻轻地脱离了灯芯，飘散了。

在三哥家吃饭，是要喝些酒的。如果你说不喝，他会说："兄弟俩干坐着，有啥可说的？"的确三哥不喝酒极少说话，只要他开说，就说明已经带酒意了。通常只是说些高兴的话："我现在日子过得很好，村里不少人都羡慕我呢！""咱们兄弟们都好，我走出家门也自豪。"得意处偶尔还伸伸大拇指。今天,三哥兴致不高,酒过三巡也没有兴奋的举动,相反,越喝越有些沉郁,突然叹一口气说:"人一辈子还是当儿好啊!"

看得出他的情绪正纠缠在一段往事里。"当年,大哥在下聘礼即将结婚的时候,对方提出与大哥退婚,一家人为大哥的婚事愁呀!咱娘那么要强的人,到处托亲戚找朋友为大哥张罗亲事。一天,咱爹拿出家里仅有的半瓶酒塞进我口袋说:在家待着没事,出去找人玩玩。"说着,三哥眼圈红了。

发生三哥所说的这段往事的时候,我已经懂事,大哥退婚风波虽然让家庭措手不及,但一家人最担心的是一天学也没上的三哥的婚事,所以父亲在三哥身上也特别用心。然而,谁也没想到村里最漂亮的一个女孩爱上了三哥,家庭的过多关心却使这段爱情变成了一曲凄绝的悲歌。

离开三哥家的时候,三哥照常送出大门,他不习惯用挥手方式送行。他将手背在身后,背已微驼,轻翘着下巴,紧抿的嘴巴和皱着的眉头,让我想起了父亲。我从车窗里回望着,直到他消失在视线里。

如果把心比作一只风筝,那么风筝的线始终系在老家旧宅的墙头上。年轻的时候向往着飞得很高、很远,当浑身落满风尘的时候,往往又会选择家作为灵魂的归宿。

一条老街的记忆

黄河大坝道口直插南岭子村,往北是一条十里古街,这条老街始建于洪武二年。六百五十年前,山西省洪洞县大槐树的移民到来的时候,山东一带"赤地千里",蒙元铁骑践踏出的血腥刚刚散尽,大清河安静娴雅地流淌在黄河故道上,这里荒凉且寂静。临水、择高而居的亘古法则,让初来乍到的人们,率先抢占了大清河边一条狭长岭子,由此往北五六里,还有一条岭子,被随后到来的一群人占领,于是,一片荒蛮之地,诞生出两个村庄——南岭子和北岭子。

这是一块黄河造就的土地。南宋时,黄河带着放浪野性,将黄土高坡的泥沙搬运至此,诞生下这块土地,转而夺淮河而去,一别千年。当它决口铜瓦厢回归,野性在这块平原上再次释放,盛怒之下,便是一片泽国,南岭子、北岭子成为一片汪洋中的两座孤岛,使村民免受劫难,由此验证了先民们抢占两条岭子的先见之明。

下黄河大坝,道口西侧,青砖影壁上镶嵌"南岭子"三个大字。东侧,是一座普通民居式建筑——村史馆,和很多史志馆一样,它呈现的是村庄断断续续的"线状"历史,远不能装下南岭子全部的故事。院子里立着一座木制戏台，戏台上，一位八十三岁的老者正在唱扬琴戏。据称，这位老者是南岭子扬琴戏的第三代传人，他精神矍铄，声音高亢，唱腔颇具专业气韵，却少有游人驻足观看。当地有句谚语"南岭子的狗叫都带扬琴腔"，说明扬琴戏在该村的普及程度，如今已经盛况不再，所听到的，是它远去的遗韵。相信，很少有人再去考究因黄河泛滥，这一带的灾民手持扬琴沿街卖唱乞讨的历史。恰是那些凄惶面孔、沉重的脚步，使这个来自外域，具有四百年历史的戏种在山东一带广泛传播。

老街上，大门楼、木制轩、老门店、古作坊、大茶馆等尽显古意。古老的织布机前，年逾七旬的老妪在这里飞梭走线，牵曳着逝去时光里模糊的记忆，唤回了农村冬夜，纺车嗡嗡的旋律。农闲时节，一些暖阳普照，风清气爽的日子，匠人们走街串巷，选在开阔处，为需要织布的人家牵机、刷机、拴机（即：排布梳理出经线、纬线，尔后上浆，再将织布所需整上织机，进行调试的过程）。眼前情景，让我仿佛看到，母亲一双小脚交替蹬踏，机杼声声，昼夜不息。心里泛起的，有温情，也有艰辛岁月的酸楚。

一路向北，思绪漂泊在古老的民俗民情和对过往的追忆里。

"往北一直走，是不是可以走到肖家庄？"我问路边一位村民。

"走不到。这里往北到北岭子,北岭子正西不远是肖家庄。"村民告诉我。

"一直往北,就通到那个叫肖家庄的村子,那里是我姥娘家。"这是我下车就有的一种错觉。为什么会有这种感觉?自己也为此疑惑。在我记忆里,总共到过姥娘家三次,最近一次,距今已有四十年。

那一年,我接到了入伍通知书,母亲要带我去姥娘家一趟。那时候,姥爷姥娘已经过世多年,舅舅在北镇上班,去了只是与妗子和表弟表妹见见面,看一眼母亲住过的老宅,住姥娘家只是惯常的说法。

前几次到姥娘家,更是记忆浅淡。记得,那个叫肖家庄的村子,一条南北街道,位于姥娘家东侧。街道大约只有四米宽,两侧房台高起,中间形成一个狭窄的沟底。街道笔直,贯穿起多个村庄,村与村之间没有明确边界,至于与这条古街是不是同一条路,当时的路能否通到南岭子,并不确知。

这种错觉也许是因为熟悉的黄河大坝,大坝上司空见惯的长坡,还有那条老街的似曾相识。我相信,更重要的应该是,内心希冀勾连起老家与记忆的一种情愫使然。

对姥娘家所在的肖家庄,一直有个念想,希望有一天,独自去往那里,在那个无人相识的村庄,四处游走,寻访曾经的记忆，体悟对那个村庄尚未消散的情感。可是，碍于多人同行，我的脚步不得不停留在南岭子北首，心里生出些许落寞。生活中每个人都一样，脚步总是不能追随意愿自由奔走。

住姥娘家是小时候的向往。大概是因为太淘气，抑或是因我在姊妹中排行居中，老人拖大带小，无法顾及中间的缘故，我住姥娘家少。每当母亲带着其他姊妹去姥娘家，哥哥们去上学，家里就仅剩父亲、我，还有没进过校门的三哥。少了母亲的家，就少了烟火气。从外面回到家，没了弟弟的喧闹，昏暗的屋里，更显空洞冷清。再看一眼锅盖，时常没有热气。向父亲喊"饿"，得到的回答是："干粮在篮子里。"抬头看看梁头，篮子挂在那里，悬在那里的很像是我空落落的心。有时，父亲会往灶里添把火，给锅里高粱窝头加点温度，仍然不能暖热心的冰凉，那是母亲经常说的"清锅子冷灶"的滋味。

这时，我就跑到父亲面前，扯着衣角，一边摇晃，一边带着哭腔问："俺娘啥时候回来啊？俺娘啥时候回来啊？"

"跟着你三哥打鸟去。"父亲应付我，也是交代三哥。

三哥大我八岁，是打鸟的行家。他把五六盘夹子挂在腰间，走起路来哗哗作响，比平时威武许多。他带着我，先来到生产队场院，扒开秫秸垛，找出虫蛀的秫秸，截取带新鲜虫屎的部分，劈开，一条白色的小虫子就会扭动着身躯暴露出来。三哥把捉到的诱饵，装入小瓶，揣进怀里，以防虫子冻僵。

记忆里，我们总是在黄河大坝以北活动。坝北是一片高大的柳树，柳树与黄河堤岸之间是耕地。初春季节，寒风料峭，我与三哥跋涉在翻耕过的土地里，空身穿的棉袄里，很快生出暖意，变成汗津。

我不明白，在空阔寂寥的野外，也看不到太多鸟，三哥布设的夹子却总能夹到鸟。大概是为避免一只鸟被夹住，其他鸟不敢靠近，夹子之间分布都很远。布设夹子，就像电影里埋设地雷，伪装是个技术活，需要把整个夹子用浮土掩盖起来，仅仅将虫子暴露在表面。对三哥伪装夹子的水平，我不以为然。周边粗粝的坷垃，与夹子附近的细土形成鲜明对比，尤其埋设夹子的小土包，让我一眼就能看出其中玄机，想来，鸟还是太笨了。

如果不小心，手触碰到拴虫饵的信儿，把手夹住，便是钻心地疼。有时三哥被夹住手指，解脱后，他先是用力甩手，再把手指放进张大的嘴里，不停哈出声息。不知道那么做能不能止疼，看他眼睛通红，将要浸出泪水的样子，一定非常难受。我并不知道心疼他，只是两手抄进衣袖，呆呆蹲在旁边看着，心里在想："如果鸟儿看到，一定会很高兴吧？"

我怀疑天上的鸟看不到虫子，可是三哥坚信："鸟的眼很尖。"

夹子布置好，如果发现鸟群，我就跟着三哥将鸟往布设夹子的位置驱赶，这种做法，三哥叫作"趁鸟"。如果暂时没有发现鸟的踪迹，就到黄河边，往河里投坷垃，打水漂，或者乱转，打发时间。不一会儿，就会有鸟被扭曲挣扎的虫子吸引，成为我们的猎物。待到收工时，或者三两只，或者五六只，必有收获。那些为食而亡的鸟，很快成为我碗里的荤腥。

南岭子东侧是七龙河村。小时候，因父母常挂嘴边，对这一带地名大多耳熟能详。当地方言中，岭与龙读音相近，加之有南岭子、北岭子示范效应，我一直以为，七龙河为"七岭河"。中国讳言龙字的历史里，居然出现一个"七龙河"村名，令人费解，而且村名还关联着一个猛牛屠龙的故事。相传，七龙河村旁，曾经有一条河，河里生活着七条恶龙，夜夜出来祸害周边民众，弄得民不聊生。村里一户铁匠家，养了一头牛，长得健壮无比，每天都冲进河里，与七条恶龙殊死搏斗，终不能分出胜负。于是，铁匠打制了两把锋利的尖刀，装在牛角上。这一天，牛发疯一样冲进河里，摇摆着巨大的脑袋，七条龙顿时血肉横飞，片片血肉直飞云天，从此七龙河及周边得到了安宁。

查利津县志得知，七龙河，原名匕龙河。洪武初年大迁徙前，这里有一个村庄，因战乱和瘟疫，全村仅剩三户人家。由此，我联想起民间的一个传说：元朝末年，山东民众，不堪蒙元政府残酷统治，约定农历八月十五日这一天，用吃月饼方式，暗传"杀鞑子"消息，举行起义。招致元军对山东采取"拔其地，屠其城"政策，山东一带，尸横遍野，血可漂杵，腥臊恶臭弥漫，繁殖出大量红头苍蝇，导致瘟疫再次席卷而来，当地人口几近灭绝。猛牛屠龙的故事，"匕龙"变成"七条龙"虽属误传，但是反映出了当时民怨的真实情形。这无疑是此地乡民敢冒天下之大不韪，流传这样的故事的原因。

黄河上游十余里，是我祖籍所在地左家庄，先民也来自"大槐树"。明朝移民条律规定："行不更名，坐不改姓，同宗同姓不能同迁一地。"同到此地的左氏兄弟，只好以前左、后左分居两处立村。刘氏刘佐、刘政兄弟二人，照此例在两村落户，成为我家始祖。从地处上游的位置看，我祖上到此地定居时，比往下游继续走的人们抢得了先机。

1933年，一次黄河决口，我的家族史上多了一个"漂了庄儿"的故事，一个小康之家，顿时化作大河之中一片浮木。左家庄重建，分成黄河南北两部，黄河以北除前左、后左以外,黄河下游南岸又出现了一个左家庄。出于根脉关系,起初称为上左家庄、下左家庄,如今已经少有人提起它们之间的联系。

单身的爷爷和年幼的父亲,没能在祖上的村庄再次扎根。爷爷挑起担子,一手摇着"货郎鼓",一手牵着父亲的手,走街串巷,变成了货郎,过起漂泊的日子。数年后,流落在下左家庄以东的一片荒野。为了一份牵念,称同样漂泊而来的左家庄为"庄儿里",意为自己曾经的村庄,自己几户人家的聚落,称之"屋子"。有关那些家族历史记忆,曾经被誊抄在称作"轴子(家谱)"的纸上。

遍地芦苇、红荆、茅草的荒野,没有象征着历史的大树。灾民居地,文化根系一样浮浅。在我记忆里,"请轴子"只是一个传说。据说,左家庄刘氏家谱存放在一个长辈家里,"文革"时破"四旧",这位有心的长者,把下端的画面撕下卷起,扔进了大队部门前的烧火堆,祖上各自名分和传承关系得以保留,那份轴子最终流落哪家,已无从知晓。

牵系着老家的是曾祖的坟茔,坟茔里是来自上左家庄的一抔黄土,父亲和爷爷把"他"从老家"请来",权当祖上的灵魂,守护着这个尚无根基的家族。曾祖的坟茔,成了我家一片三角形坟地顶点。至今,那片坟地里已经有五代人的尸骨,最小的一个是叔伯哥的儿子,他在海上死于一场海啸，最近的一座坟墓是我的四哥。

记得上中学时填表，父亲告诉我，"籍贯"一栏填写"利津县盐窝公社左家庄"。记不起从什么时候开始，左家庄从我的表格里消失，变成了山东省垦利县，老家已经离我越来越远。

《岁月回眸》序言

舅写了一本书《岁月回眸》,让我写一段文字,勾起小时候对往事的回忆。

对舅的敬慕,始于记忆的起点。那时候,脑海中没有比北京更远的远方,舅在很远的地方,远即意味着未知与向往;那时候,隐约知道大学是学问高深之地,舅在有名的大学里读过书,是个有学问的人。大约还因为,我的父亲是独生子,母亲只有姐弟二人,舅是那一辈人当中,父母亲之外的唯一至亲,父母常挂在嘴边缘故。

记得,上小学三年级,学写书信,在黄河口"洼下",还有很多同学没见过书信,因此无从起笔。老师参照我写的几句话,以我的名义,写了一封书信范文,成为我难以忘却的自豪。那封信的名字是《给舅舅的一封信》,信的部分内容至今仍能记起,"山东人民广播电台惠民地区记者站"的地址,依然保留在记忆里。

《岁月回眸》主要写的家事。那些追忆文字里,有他的父亲母亲(即:我的姥爷姥娘),姥爷姥娘是上溯两代直系血亲中我仅有的记忆。舅的"回眸"里,不仅让我看到了姥爷的豁达开明、让唯一儿子做一个文化人的执念,也印证了姥爷极富传奇色彩的形象,姥爷被一群持枪土匪堵在船上，他纵身跳河脱身的情景；他手持铡刀躲在屋内，喝退持枪匪徒的情景，呈现在我的眼前。从中，我的一个疑问得到了答案：母亲柔弱的身子何以如此坚强，那是因为她流淌的血液里的强大基因。对姥娘的记忆深些，主要因为姥娘病逝前在我家住过一段时间。通过舅的文字，才把那位能耕善织、温柔贤淑、爱子如命的母亲，与病重后的姥娘联系在一起。姥娘病逝，是我第一次面对亲人永别，稚嫩的情感被亲情之痛撕扯，情景至今历历在目。

舅用大量篇幅写了妗子。这对"娃娃亲"夫妻，一位大学毕业，一位乡村妇女，相依相随，相伴相知，一条情感线索贯穿于艰难岁月。在舅的书写叙事中，夫妻间看似平淡如水，却情透纸背。在"回眸"的目光里，饱含舅对妗子的歉疚，舅这份情感，想必也如春光般照耀并温暖着妗子。这种感情间的相互辉映，使曾经的日子散发着温度，必将伴随着未来生活。他们的感情历程，让人体会人生况味，也给当下的人们以启发。

"深爱姐姐"一段，让我听到了一段弟弟与逝去姐姐的对话，舅的叙述，虽是微风入夜般和煦，却是姐弟情深的丝语，那声音在我情感中放大，在我精神世界里鸣响。我作为他外甥、他姐姐的儿子，听懂了他的诉说，领悟了母亲对我辈的期待，深化了我对亲情的理解，珍惜亲情、传承家风是父母亲赋予的使命。

《岁月回眸》中，工作经历是其中一部分内容。从一个农民子弟，成长为一名正县级领导干部，在普通人眼中已属"辉煌"，过程中奋斗与坎坷可想而知。不少领导干部，出书是为记录业绩，书写曾经的辉煌，舅的笔墨却没有着力于展示自己"闪光"的足迹，而是平淡叙述工作生活过程、收获、感悟与友谊，体现出他淡泊的人生境界。

舅的人生经历是一段执着前行的历史。六十年前，推着四五百斤重的车子，前往百里以外的刁口，换取上学路资。一年寒假，他再次踏上这段旅程。虽是严冬腊月，汗水仍然不断浸湿棉裤，越走越沉，最后不得不脱下棉裤，搭在车子上，空身穿着一条单裤前行。那是为家庭负重，也是为自己命运负重，这种负重前行的姿态，写就了舅的人生态度，奠定了他人生的基调。舅的求学之路，心无旁骛，专注于知识营养汲取，一步步走得坚实，最终脱颖而出，靠的就是这种执着。

三十七年工作经历，就如他当年带领社员"淘井"，下到井底扶罐挖泥，苦累自知，形象却隐于人们视线之外；亦如他在风雪夜，主动挑选最远的路，到距离驻地十里以外村庄下发会议通知，在泥泞中跋涉二十多里，返回住所已是深夜十一点钟，身后脚印随即被风雪掩埋，不留痕迹，这就是舅做人做事的风格。从舅的文字里可以看到，他达观知命，"不以物喜，不以己悲"，对事业前途，舒然淡泊，没有匆促追逐，保持着从容端正的人生姿态。

舅的人生经历是一段感恩的历程。在舅的人生道路上，点缀着许多闪光的名字，是他们的光亮照亮了舅的人生之路。小学三年级班主任陈彦俊、忧国忧民的高中老师孟兆同，以及傅贞铸、徐言章，还有大学时代的田仲济、徐炳离、严薇青、庄维石、冯中一、孙良明等，都是自己求学道路上的恩师。工作之后，舅念念不忘的人很多，诸如：让他"敬慕的金宗冠书记"，把他引上记者工作岗位的王元甫同志等，对他们无不抱有感恩之情。此外，舅在书中特别提到了"三个感恩"：感恩党、感恩父母、感恩老伴，并详述其中缘由，表达了心声。

人生知己难得，舅在书中提到了数人，包括小学同学扈德林、初中同学陈奎岭等。其中不乏过从甚密的部级领导，舅的书中，把他们放在了朋友中的最后。舅在文中提到，曾经向他们推荐过干部，没有一位是亲戚朋友或子女，有的被推荐人与我交往较深，却从未提及，想必并不知情，体现出舅不事张扬的内敛秉性，这大概也是领导不惧与之交往的原因。

舅在书中提到大表妹建军转学的事。大表妹因没能转入一所好的中学读书，被挡在了大学门槛之外，对此，舅表达了歉疚。我对此事略有所知，当时舅在市委宣传部担任副部长，分管文化教育，为自己的女儿转学不是难事，舅最终没有向有关部门开口。对于女儿和家庭，不可谓不是一种深深的遗憾，恰是这次遗憾反衬出舅做人做事的风格，也许孩子们自立品格由此得以成就。

事有因果，不负苦心。舅与妗子从孤岛荒洼起步，经过数十年协力经营，四位子女事业各有所成，发展成一个二十口之家，渐已形成家风仁厚、书香相传、和乐融融的良好家庭文化氛围，这些年，我也不断从中受到熏陶和激励。

我时常在想，生命的历程，恰如江河向海，属于舅的那一条河流，有着静水深流的姿态，大音希声的安静。

辑二

回望乡关

村 庄

骑车出门，右拐，不过百米便是村庄西口，蛙鸣从稻田沟池里传来。村外，大片稻田正值注水育苗，田池在月光下，止水如镜。近前，明月倒映，远处水天相合，仿佛置身云天之间，追忆从前，恍如隔世。

小时候，黄河口一带种旱田，稻子、大米是一个传说，只有事关天堂的故事里出现。乡村的冬日夜话里，当听到"半夜，从远处传来马车铃声"，那就是善良者的"福音"，"一辆来自天堂的马车，车上满载大米、白面，还有肉"，那是天宫对善良者的馈赠。那些故事，是饥寒日子里的一缕阳光，温暖着冬季农闲时的日子，滋养着困顿中的希望。

往西骑行，柏油路覆盖了曾经的一条羊肠小道。小道在野草和盐碱地里蜿蜒，连接起邵家、补户、联合三个村子，再往前，是我幼年时未知的地方。

在记忆的远方，村庄被一片荒野包围，荒野里散落着星星点点独立住户，俗称"住屋子"的人家，老姑家的两间房子就在羊肠小道的一侧。隐约记得，房子低矮破败，伸手可及房檐，一套破旧桌椅是全部家当。老姑夫是个矮墩墩的老头儿，从父母闲谈中知道，那是个不懂持家过日子的男人，因此，他的形象在心目中，愈发矮小猥琐。有几次看到，他戴一副老花镜，手里拿一张旧报纸，坐在门口光亮处，知道他是个识字的人，每每想起这样的情景，会生出由衷敬意，他形象也随之高大许多。一天，他拄一条拐杖来到我家，进门对着父亲颤颤巍巍地说："张广臣咽驾了！"张广臣是何许人，孩子们并不知道，他那种酸文假醋的语气，却成了孩子们的笑柄。此后很长一段时间，三哥见人就学着他的语气说："张广臣咽驾了！"后来，"咽驾"一词成为他的专属符号，在村里流传多年。

　　张老三家也在屋子上居住。张老三是个怪人，外号张三怪，在乡下，属于"关上门子朝天过"的主儿。他家除了正房和偏房，还有饭棚、车棚、磨屋、柴房，一直连到猪圈，房子从高到矮排成一个L形，俗称"拐屋子"。正房可平身出入，低矮柴房须猫腰才能进出。据说，他家房子相互贯通，犹如地道，是闹"老缺（土匪）"的产物，因为一条凶猛的大狗长年守护，那一串"拐屋子"的结构，只停留在传说。他家门前的园子，用树枝绑扎得密密实实，看不到里面任何东西，扒开缝隙摸园子里的瓜果绝无可能，如果胆敢伸手，很可能被张三怪一脚踩住。我提一只菜筐从他家门口路过，看到园子上一种野生攀爬植物，长出一颗花生米大小的山药豆，便随手摘下来，恰被张三怪看到，他带着那条大黑狗冲了出来。

我一边拼命奔跑，一边细听着身后，只要他喊出一声"掐"，我即刻被那条大黑狗扑倒撕咬，好在他始终没喊出口。当我再敢回头的时候，他已经放慢了脚步，但那条大狗仍然迈着轻松的步伐紧跟他身后，直追得我失魂落魄，他们俩才掉头回家。

村里人，对屋子上的人家有种异样感觉，屋子上的孩子，因长期不与村里孩子一起玩儿，显得陌生乖僻。有一次，村里孩子到张三怪家附近一座破砖窑摸青蛙，起初，他家小儿子增福安静地站旁边看，趁大家不备，突然拿起一块砖头，奋力扔进水里，溅大家一身水，撒腿就跑。

后来，屋子上居住的人陆续聚居进村庄，屋子从此在人们视野里消失。多年以后，实行家庭联产承包责任制，重新划分土地，屋子所在地块，仍然以"某某屋子"命名，屋子的残迹早已不复存在。最近，黄河口实施土地整平，耕地与盐碱地连成一片，宜粮则粮，宜稻则稻，采取集约承包耕作。大型机械化耕作模式下，小片儿土地"名分"将在土地连片中融合消解，代之以区块编码。荒野里生长出的那些独特文化符号，经不住时光的打磨，终会在时光河流里飘逝。曾经的荒原，屋子上煤油灯的幽幽灯火，却一直闪烁在脑海里，它与农家夜话里的情景相互交融，使那片逝去的荒野，至今在我记忆深处散发着无尽神秘。

在夏日晨光里骑行，轻松舒爽，是一种别样感受。出村往东三里，是我的初中母校，包括早、晚自习，在这条路上，每天往返八趟，直到结束初中学业。途经处，一草一木至今印在脑海。村外是一片"油碱场"，青灰的土地透着暗红，泛出晶莹的盐碱，寸草不生。"油碱地"上，托举出一片坟头，水泥堆塑般伫立，坟茔里，埋葬着最早来到黄河口的拓荒者。上学的小路就隐没在一片坟茔之间，走出坟场，是崔家屋子的一处场院。

坟场是阴森可怖之地。生与死被一抔黄土分割成阴阳两界，丝丝缕缕牵念，在古老的信仰媒介下相互传递，墓地里极易滋生与"阴间"相关的故事。那些故事像荒原上的野草，在时间里生长。诸如：夜里，有人听到坟地里传出女人的哭声；有人路经此处遇到"鬼打墙"，在坟地里转了一夜，天亮的时候发现，一座坟周围踏出了明晃晃一条路；还有人路过坟地，回家得了"状痫"，陡生癫狂之状，行为举止或如蛇、狐，或如亡者之相，假病人之口，传达亡灵诉求等等。这些事情事关邻里，往往讳莫如深，以耳语相传，虽然绝少有亲历者站出来宣扬，却能在时光里不断丰盈，让人信以为真。久而久之，这块曾经遍布兽迹的荒野，随着拓荒者的占领，生长出了许多属于人的故事。

类似的故事，差点被一群中学生创造出来。一个冬日夜晚，天色漆黑，下晚自习后，一群同学结伴回家，路过坟地旁边的场院，手电筒照射的前方，出现两点荧荧火光。"鬼火！"一个同学突然惊呼，叽叽喳喳的人群，顿时鸦雀无声。几个胆子大的学生，相互壮胆，慢慢向两粒火光靠近，只听扑棱一声，一个黑影转身跑开，原来是一只野猫。野猫的眼睛，迎着手电筒的灯光，放射出莹莹光亮，恰如两颗火球。假如那位同学惊呼一声，一群人一哄而散，村子里又会多出一个"鬼火"的传说。

如今，"油碱场"上，坟墓和场院已经消失，与周边涝洼荒地整平连片，变成了大片水田，一条柏油马路贯穿其中，稻田被分成左右两片。初夏时节，秧苗泛着绿意，气雾浮于水面，丝丝缕缕，犹如轻纱薄缦，散发出凉意。穿行其中，有种梦幻感觉，令人心净如洗。

穿过崔家屋子村，是我的初中母校——西张中学。五十年前，一批青岛知青到来，为荒原注入了一缕文脉。知青们到来的时候，正值大规模引黄灌溉结束，闸口附近沉积的"拦门沙"，带来生态遗患，一年四季黄沙漫天。一位老师说：午休时，为减少沙土吸入口鼻，用一张报纸盖住上身和头部。起床后，写了一封家书，出于好玩，把报纸上残留的黄沙装入信封，附加几句说明文字，不承想引得母亲哭了好几天。

那些以"青岛大褂子，吊裤洋袜子"为特征的青年，在黄河口这片"文化荒原"上,一待就是二十多年,他们用青春播种下知识的种子,恩泽黄河口两代人,离开的时候,这块土地上已是桃李芬芳。王振华、蒲锦超、吴灵华……至今,我清晰记得这些名字,他们还记得乡下那个调皮的孩子吗?

行至学校门口,我停下来。这是一所经常出现在我梦境的校园。梦里,我经常迷失在这所校园,脑子一片混沌,在几排校舍之间,找不到老师同学,也找不到教室的门口。有几次回家,我专门来到母校,几排房子一目了然,依然是旧时模样。最后一次走进校园,大约是在二十年以前,校园里已经无人相识。正值课间,在一片陌生目光中,我走进教室,在教室的中部,靠近过道位置,一张似曾相识的课桌,让我心里一颤。一张桌子腿上,有用炉火钩子烙上的一个"刘"字,一眼认出,那是我当年的"杰作"。现在想来,那个烙着"刘"字的桌子腿,或许早已变成劈柴,被扔进炉火化作灰烬,而那次"破坏公物"的教训,还有那个"刘"字,却"烙"在脑海,至今无法抹去。

眼前的学校,大门紧闭,门垛子上,"西张联合小学"仿宋字迹依稀可辨,校园里一片寂静,看得出"联合小学"已成为它的前世,曾经的园丁之地,已经生满野草。这所有过短暂高中班级的学校,已经完成了使命。我转身骑车离开的时候,身后隐约响起琅琅书声,那书声萦绕耳际,久久不散。

西张村是当年的公社驻地,铁木厂、邮政所、粮所、联社、储蓄所、收购站、公社大院等青砖瓦房,分列主街两侧,是最早进入我记忆的砖瓦建筑,它们被低矮的土坯民居衬托,显得庄重威严。近些年,随着民居越来越高大,它们陷入一群红色砖瓦建筑,日渐萎靡,辉煌不再。青灰色调与特有建筑风格,都打着时代烙印,与时间"风尘"一起,为它们注入了些许文化意味。从他们中间走过,像是遇到一位相熟的老人,如今已经痴呆,他呆立路旁,在不停絮叨着当年的故事。

再往东,是黄河百年间造就的土地。少年记忆里,那是一片陌生地带,沈家屋子、大山屋子、宋家院儿等地名,不是地理概念,倒像漂泊在大海上的几枚树叶,缥缈而遥远;王八湾、引黄闸、荒洼管理站、小孤岛、大孤岛等,点缀着荒原,是拾荒、拾草的去处,蕴藏着衣食所需,由衷亲近。这次骑行,是顺黄河而下,向着大海的方向,去寻访那些曾经熟悉的村庄。

四十多年前,我老家周边村庄有过一次小规模迁徙,目的地是黄河口荒洼。涉及村庄,根据已有垦荒地亩,安排相应农户移居黄河下游,归依那片新生土地。历史上,每一次迁徙都是一首悲怆的史诗,无一不伴随着生死抉择,与拖儿带女的凄惶。明朝初年大移民中的"押解",黄河铜瓦厢决口,夺大清河入海,连年泛滥,造成灾民颠沛流离,仿佛就在眼前,只有这次迁徙,是在政府主导下的搬迁安居。

西宋村东北数里便是北盐窝村,出门算起,不过二十分钟的行程,与幼年印象中的"遥远"大相径庭。八十多年前,一次黄河决口,无数家园在一浊黄流中飘逝,利津县盐窝镇的一户人家,与我村那户张姓人家一样,一路漂泊,来到黄河口荒野,他们在相距三四里的地方落地。出于故土牵念,立足后,建起第一间草棚定名盐窝屋子。四十年里,黄河从没停息向东的脚步,身后诞生出大片新生土地。盐窝屋子,已不是孤立草棚,随着繁衍生息和迁入者增多,变成一个村庄。他们的后代再次追随着黄河的脚步,迁往黄河下游,立村定居。新建村庄,取名北盐窝屋子,一个"北"字,关联起新老村庄,饱含着一份难以割舍的情愫。

一路往东,东闫家、(新)东张、永兴等村名,无一不带有故土信息。北沧州屋子历史,可追溯到河北省沧州市,很多村名出于称呼方便,在时间里自然简化,如"尚家屋子",人们通常呼之"尚屋儿",而沧州屋子一直没有改变,让人从中看到,近百年来,他们祖辈回望沧州故土的那束目光。

我的这次骑行黄河口，是一次沿黄之旅，寻访的是一条短短的迁徙之路。人类命运无不关乎大河，回望身边这条大河，它西出昆仑，滚滚而来。恍惚间，我仿佛看到，顺黄河迁徙而来的女娲伏羲及其后裔，还有从山西洪洞押解而来的长长队伍。一条大河，是一条迁徙之路，承载的是一个族群跌宕起伏的命运。

一路骑行，向着大海的方向，往前看是一片坦途。

上　坡

上　坡

　　上坡，就是下地干农活儿，鲁北地区方言。"坡"字在这里读作 pāo（一声）。如，看护庄稼，叫作看坡；在农田里，叫作"在坡里"等等。有时，这样的乡村俚语，也会被赫然写在墙上，如"公看义坡，人人有责"，被当作标语口号。

　　上坡，是农家的日常营生，就如吃饭睡觉，一日不可荒废。这样的日子，在农耕时代持续数千年之后，像是注入到了每一个人的基因。已经习惯于将家里一群孩子放养的农民，把感情转投到了片片坡里，把它们当成了自己的亲生孩子，倾注了全部的心血、汗水和爱，给予它们悉心照料。而他们养育的那些"张口儿"的活物，都是经过他的苦心耕耘，从坡里长出来的。这为他们的劳作增添了不竭动力。日复一日，年复一年，陪着那一片片坡地日出而作，日落而息，乐此不疲。

　　坡里的时光，让农民的心像脚下耕作多年的土地，变得熟络柔和。也许是由于相处时间太久的缘故，他们的心融进了坡里，二者逐渐地凝结在了一起。

　　农事，更像是节气里流淌的河流，节气河床的宽窄，决定着农事的急与缓，也影响着上坡劳作的节奏。除非非常天气时"抢场"，很难看到农民飞奔的身影。包括抢收抢种时节，都难以扰乱他们四平八稳的步子。平日里，农民的生活就如和缓静流的水，无声无息。这倒不是因为他们生计闲适，而是因为他们视吃苦耐劳为本分。

"吃了吗？"是农村最常用的招呼方式，又是一种礼仪。这样的问候，起于何时，已经无人知晓，源于饥寒是毫无疑问的。如果听对方的回答是："还没呢。"下一句便是"来家吃点儿吧"这样的回答，虽然有一定的客套意味，在衣食短缺的年代无疑是温暖妥帖的。

除此，"上坡"就是常用词语了。路上相遇："上坡吗？""啊，坡里有点活儿。"这样的问答最为常见。或者问："做啥去？"答："坡里有点活儿。"说这话的时候，双方声音都会自然提高一些，并且带着轻松愉快的情绪，像是去看望自己的孩子。

在坡里，农民的心是安静的。不管是面对一望无际的地垄，还是一畦菜园，他们不急不躁，凝神静气，烹制小鲜般，把它们梳理得姑娘发辫似的整洁可人。不管是盛夏酷暑还是数九寒天，不管是收割还是播种，他们的劳作，像武术大师的套路表演，动作或急或缓，犹如行云流水，神态淡泊舒然。

村里，上坡的时光是和乐融融的。人们有的坐着牛车，有的扛着锄头或其他农具，有的在自家院子里做着上坡的准备，他们相互用比平时更大的声音打着招呼，一时间村庄的寂静被打破。一路同行的人，边走边聊，有的人，则驻足与站在自家院子里的人说几句闲话，内容无非是农时、农事之类，人人闲适从容，少有匆匆行色。

  自识字开始，对这个"坡"字就有了很多疑惑。不仅因为它的读音，还因为明明是平整的农田，为什么世世代代冠以一个"坡"名呢？

  年龄稍大以后，从父亲那里得到一种解释，坡（pāo）的读音，属西北方言。西北地区多山丘，农田以斜坡地居多。居住，一般选择在河岸或沟旁，出门干农活大多需要上坡，上坡一词由此而来。

迁　徙

  "问我家乡在何处，山西洪洞大槐树"；"祖先故里叫什么，大槐树下老鸹窝"。两句民谣，记载下了一段大迁徙的历史。

  元朝末年，农民起义烽烟四起，遭到了元朝大军和地主武装的合力剿杀。史载，元军将领刘起租守顺德，兵寡粮绝，遂采取"民强壮者令充军，弱者杀而食之"的残暴手段，据守城池，与义军抗衡；元丞相脱脱"破徐州，遂屠其城"。元军对攻陷之地，多采取"拔其地，屠其城"政策，造成苏、皖、鲁、豫之民十亡七八，所到之处，积骸成丘，居民鲜少。马可波罗笔下盛大繁荣的扬州城，被元军屠戮之后，仅余十八家。明朝建文帝削藩，引发"靖难之变"，使战火重燃，持续四年，屠杀、逃亡、兵役等原因，使交战地区土地荒芜，赤地千里。

在此背景下，明朝初年开始大迁徙。洪武到永乐四十七年间，有记载的大规模移民就有十七次。四口之家留一，六口之家留二，八口之家留三，由山西向全国各地移民。永乐年间，仅河北监押移民，用兵就达十万之众。

秋收之后，被列入迁徙名单的人们，便开始打点行资，告别亲人，赶往洪洞县城北的广济寺。

秋风瑟瑟，落木萧萧，那棵十六人方可环抱的汉代古槐，尽显沧桑。树上被人群惊扰的老鸹，盘桓空中，发出惊恐的鸣叫，广济寺笼罩着一片悲愁。人们领取凭照、差资踏上旅程，忍不住驻足回望，家乡在渐行渐远中消失，视线里那些错落于树梢的老鸹窝显得愈发醒目。还有那棵千年古槐，伫立在天际，守望着游子们的归途。

不知是什么人，开始哼唱出了《大槐树和老鸹窝》的歌谣，从此它成为传唱六百五十年的望乡曲。

由于被反背捆绑，集中押解，在漫漫路途中，先民们留下了背手的习惯。因大小便都须松绑解手，便成为"解手"的由来。一起流传下来的还有"上坡"一类的乡音。

这段大迁徙的故事，在我幼小心灵里种下了对西北的牵念。

郭家沟

真正领略黄土高坡，是一次陕北采购活动。八天的行程，使我感受了黄土高原这片最古老文明发祥地深沉厚重的温度。在我看来，这也是一次走上高原的"上坡"之旅。

六千万年间，被西伯利亚的风裹挟而来的黄土，沉降在这里，造就了这片黄土高原。正是这一域皇天后土，孕育出人类历史上最早的文明。黄土地的温润柔和，成就了以血脉相承和土木建筑为特征的东方文化，与中东和西方文明中的石头城、攻伐掳掠形成分野。这种温厚包容的"软文化"，在华夏文明基因里传承至今。

一万五千年前，地球上最近一次冰河时代结束，北半球巨大冰盖融化，随之而来的大洪水，在地球上奔流近万年，它携带着黄土高原的泥沙，开始填海造陆运动。洪水把黄土高原撕扯成今天支离破碎的样子，太行山东麓大片海域被填平，华北平原脱胎而出。一些氏族部落沿着大河，走出高原和丛林迷帐，来到平原。这次追逐河流的迁徙，迎来人类文明发展的新时代。

从延安到壶口，再到绥德，一路走来，这里村庄多以沟、河、川、塬等命名。除了"川"字带有平坦的含义，其他几个字都能让人联想起，黄土高原千沟万壑的地理风貌。

我们住在一个叫郭家沟的山村民宿。这里虽然不是传说中的乡关故土，但是，从"上坡"两个字的发音里，我听到了多年未遇的乡音，倍感亲切。几天的生活体验，使我感受到生活在黄土高原的人们，"坡"所赋予他们的精神力量，以及高坡上的沟壑缝隙所挤压出的生命苦涩。

郭家沟村名的由来，是因第一户在此定居的人家姓郭。村子位于一条山沟沟口，背山面河，整个村庄斜靠在一面高坡上。道路像一棵巨大的树，家家户户的窑洞，像是悬挂在大树枝丫上的果实，散乱分布着。为防滑，村里小路的陡峭处，用立起的石片砌成；平缓处，路面则是坚实的黄土。在村里穿行，绝少平坦路径，出门就是上坡或者下坡，且坡度陡峭，举步艰难。很难想象，村里人在雨雪天或夜晚如何出行。

郭家沟，当属一条洪水形成的冲沟。沟口与村前的河相连，显然它曾经是河的一条支流。想必，当年那户郭姓人家，选择避居这条山沟的时候，面对青山绿水美景，一定忘却背井离乡的悲凉，焕发出了对未来的憧憬。一家人，按千百年沿袭下来"居高丘，避水患"的习惯，在半山腰开凿窑洞，修筑梯田，凭借丰富的水源和降雨，年复一年收获着劳动果实，过着世外桃源般的生活。

一方宝地，聚拢着人气，逃荒避难者接踵而来，不断有人在这里安居，构成一个村庄的历史。

如今的郭家沟，已经难以寻觅水的踪迹。沟底风化的石头告诉人们，这里已经少有水流。周遭满目的萧索枯瘠，不由让人疑惑，是哪里来的洪水造就了这样大的沟堑呢？

农　妇

民宿门前，有位摆卖土产杂货的七旬老妇，她依然保留着山里人的纯朴。只要有人搭讪，她便席地坐在廊檐下与人攀谈。对村庄的历史，她知之甚少。因为不姓郭，所以她自知祖上不是最早落户郭家沟的人家。

"几十代是有了吧？"这就是她对村庄历史的回答。"几十代"，看似轻描淡写，混沌了数百上千个流年，却反映出世世代代的农民，在"面朝黄土背朝天"的艰辛里乐天任命的生活态度。

对自己的家庭情况，老人知无不言。女儿出嫁，两个儿子在外打工，家里只有她和老伴两个人。老两口都得过脑血栓，她的病情无大碍，老伴后遗症较重，生活勉强能够自理，做事情要有人辅助。孩子们都在城里买了房，经济压力很大，她和老伴不愿拖累他们。老两口的生活，主要靠土地补贴、老年人生活补助，不足部分要靠做点小生意贴补，算下来，一年收入只有四五千元。

在她小时候的记忆里，村前河水丰沛，夏季不时会听到淹死人的消息，冬季孩子们都在河里冰面上滑冰。眼前的景况与老人的描述已经形同天壤。

我们到来的时候，正值五月下旬。这条河，确切说只是一条开阔的谷地，或者说是曾经的河流。仔细观察才能发现，谷地中央的石板上闪光处是一条小溪，水流处布满毛绒状苔藓，几乎看不出水在流动。如果说它是条河，只能从河谷的宽度、壁立的堤岸去遥想它的前世。看着眼前的河谷，想起苏轼《前赤壁赋》中"哀吾生之须臾，羡长江之无穷"诗句，不由生出疑问：吾生须臾，长江真的无穷吗？人类应当从这里受到警示。

郭家沟沟底，一条较为平坦的路通往沟的深处。路的一侧高坡上，散落着三五不等的窑洞。石块垒砌的深墙，高达数米，层层窑洞叠压于上方。每家窑洞一般分为两层，上层窑洞用于居住，窑洞前是开阔的院落，院落下方还有几孔窑洞，用于堆放柴草。路的另一侧，是一片柳叶形开阔地，四面环山，地势平坦，这大概是地名中被称作"川"的地带了。

在村里行走，很少遇到年轻人和孩子。四天采风活动，共遇到过三对年轻夫妇，他们分属两个家庭，都是在外打工期间，得知村庄被选定为《平凡的世界》拍摄地，相约回村创业，共同开办了我们居住的民宿和一家小餐馆，为村庄平添了几分生机。

《平凡的世界》上映，吸引了一些绘画和摄影爱好者。他们或身背画架，或手持相机，梭巡在街巷，捕捉着村里人见怪不怪的颓败气息，他们着眼处，必然是满目破败。循着他们的目光看去，很多院墙石块风化，一些地方开始坍塌。有的废弃窑洞，纸糊的窗棂仅剩下隐约毛边儿，成为残存的岁月痕迹。

无人机

一位影友的无人机，在一阵大风中失控，卫星定位显示，坠落在了老爷庙一带。老爷庙位于郭家沟一带的制高点上，供奉的神位是关羽。从山下望去，只是一个黑灰色的小点。据村民讲，老爷庙始建于明代，这与关公庙大量兴建的时代相一致。明朝洪武二十七年，明太祖建关羽庙于金陵鸡笼山之阳，永乐帝迁都北京后关羽被"庙祭于京师"，是儒家文化最后一次中兴的产物。自明朝开始，韬略家、军事家和政治家，被儒、道、兵、法、纵横诸家追奉为本宗，姜太公走下神坛，淡出国祭庙堂，兵圣地位让位于关羽，在这次"封神"中，关羽同时成为民间的财神。从此，关羽这位名不见经传的战将，归入了儒家文化的正典，中国武神的内涵里，前面的"家"全部略去，只剩下了忠、义、仁、勇。

上坡的路很难。黄土堆积的山丘，在风雨的侵蚀中形成坡，陡峭且缺乏摩擦力。村民上坡时踩出的羊肠小道，往往处在田埂或山脊，没有其他路径可以选择。城里人虚浮的脚步，走在这样的路上，很容易打滑，很多时候都是手脚并用爬行，即使这样，每个人都没能避免摔跤，看起来并不远的路程走了近两小时。在去往老爷庙的途中，我心里一直纠结于一件事，老爷庙为什么修建在山丘极顶呢？

站在老爷庙，放眼处一片苍凉。沟壑纵横的黄土高原，像出自雕刻家之手的枯木，嵯峨嶙峋。远处梯田，层层叠叠，勾勒出形态各异的曲线，在一片浅灰色中，发出刺眼的苍白，这恰恰成为摄影爱好者色块变换的点缀。

作为农民的儿子，我对坡上的地有一份别样感情。每当走过梯田，总是小心翼翼。脚下，曾经被雨水打湿的地皮，已经干透，表层黏结成一层硬壳，踩上去咯咯作响，令我产生直达心底的震颤。低头，依稀可见纤弱的豆苗或高粱苗。俯身用手抠开地皮，三四公分不见鲜土。坡里少有人劳作，心里不由泛起一阵惆怅。

高原的夏天来得晚。五月底，山上少有绿色，只有山下沟壑的边缘，分布着点点嫩绿，那些都是特别耐旱的枣树和杏树,它们标记着村庄所在。村庄和众生隐匿进地表的褶皱,杳无声息,在感叹自然力量的同时,令人无端生出孤寂与落寞。我终于明白,把神放在最高处的意义,那就是让他在接受芸芸众生顶礼膜拜中,显示神的威仪和人的渺小。因此,众生在它的俯视护佑下听天安命。

张老汉

张老汉六十七岁,是我们寻找无人机的向导,也是我们离开后继续寻找的委托人。老人脸膛黑红,身体硬朗,说笑时一口整洁的牙齿引人注目。我们到来时,他在镇上卸完一车家电刚刚回家,得了一百元劳务费。从话语里听得出,他对今天的收获非常满意。

他家住村子北头,二十几岁时,为自己修建了四间窑洞,娶妻生子。十几年前,又在窑洞墙面贴了白色瓷砖,把窑洞修缮一新,如今看起来依然整洁坚实。说起这些,老汉脸上充满自豪,一脸幸福。提及孩子和老伴,老人质朴的笑容收敛了许多。他有两个儿子,都在城里打工,老伴在城里帮儿子带孩子,他独居在家。老人待人热情,可能感觉站在院子里闲聊有失礼貌,便劝我们进屋坐坐。推门进屋便是一方土炕,炕的一侧是一张老式三抽桌,再往里看,光线昏暗,看不清里面的陈设。屋里有些凌乱,桌子上和地上摆着许多酒瓶。

"每天喝点儿？"我问道。

"喝点儿，平时不喝多。"

"多大酒量？"

"半斤。"他犹豫一下，又说，"一斤。"为老人酒量吃惊的同时，也担心起老人的身体。

当问及窑洞未来归属，老人挂着笑容的脸上，掠过一丝阴郁。

"谁还要这？谁还要这？"他把脸移向自己的四孔窑洞，顿了顿说，"舍了，没人要了！"脸上顿时爬满沧桑。

老汉的话让我意识到，黄土高原上又一次大迁徙开始了，这次迁徙的目的地是城市。

下 洼

牛车上垛满了行李,行李上垛满了人,天刚亮,两辆牛车出发了。

这是我平生第一次下洼,虽然知道等待自己的是一场煎熬,但踏上行程的那一刻,心里还是有一丝新鲜感和小小期待。

我找一个半躺半坐的位置,蜷缩在牛车尾部。思绪像一条捕食猎物的蛇,习惯性地游弋着,终于捕捉到了"下洼"这个词。下洼,不知出现于何时,也不知道其他地方有没有这样的说法。家乡黄河口一带,就被老家的利津人称作"洼"或"洼下",我们则称利津为"上头",这使"洼"似乎又有了一种蛮夷之地的意味。小时候,只知道下洼就是到黄河口垦荒种地。

这样说来,我祖辈走的就是一条下洼的路。据说,我祖上也是被捆绑双手,从山西洪洞大槐树迁徙而来的一拨人,从此,他们便开始了追随着黄河迁徙的路。我爷爷那辈,因袭祖业,还是一个殷实的小康之家,父亲偶尔提到,那时家里的房子五级接脚石。变故就发生在一夜之间。那天夜里,村里突然响起了急促的铜锣声,接着传来:"开口子啦!"一片纷乱过后,村庄成了黄河河道,家在洪水中飘逝,爷爷和父亲成了逃荒者。

爷爷奶奶,在我记忆里一片空白,所知道的都来自家里人的只言片语。老爷爷是个传奇,承载他故事的是家里仅存的一块玉,它似乎仍然蕴含着那个传奇账房先生的气质,还有那座显赫大宅的影子。

洼里没有祠堂,家族往事无以寄存,在这样一片荒芜里,往事总是像风中的云彩,淡去得很快。

牛车,在土路上走得很慢,车子松懈的骨架吱呀作响,坐在牛车上,像是坐着一架摇篮。野草从路的两侧缓缓退去,意味着离家越来越远。

黄河造陆是个奇迹。路旁,漫无边际的视野里,和直达海边的近百里间,都是她在百年内孕育出的土地,这一带的人就生活在这个奇迹里。他们世世代代跟随着黄河的延伸,养成了追逐大河繁衍生息的习惯。

不知从什么时候起,人们将黄河淤积出的土地叫作孤岛。当再有大片新生土地出现,便称之为大孤岛,原来的孤岛自然成了小孤岛。后来,随着迁居人口的稠密,小孤岛被村镇地名取代,今天已无人记起,地名里只剩下孤岛。

当时,生产队的女孩结婚后就不会再安排下洼。跟随下洼的,一般都是清一色的大姑娘。她们簇拥在一起,占据车顶中心位置,叽叽喳喳说个不停,暑气像是被姑娘们的欢声笑语驱散，为行程带来一片清凉。男人们，或闭目养神，或闲谈，坐累了，就下车跟在后面走，走累了再回到车上。在车的颠簸摇晃中，人们渐渐静下来。姑娘们也说够了，把衣服蒙在头上，停止了喧嚣。男人们开始闭上双眼，似睡非睡，伴随车的颠簸摇晃着身躯，每个人的生命像是在静止的时光里流淌，没有一个人在难耐的暑气中显出焦躁。一片沉寂里，只剩下牛车的吱呀和牛粗重的喘息声，像是要一直走上一百年。

我手里抱着一本《水浒传》。这是昨天从村支书家借来的。为防止书被污损，父亲用旧报纸精心包上封皮，又用毛笔在书皮上工工整整写上《水浒传》三个字。父亲读过几年私塾，从不放过写字机会。

在这样状态下读书，起初感觉惬意又有点浪漫。时至中午，暑热越来越使人难耐，汗水将衣服与身体黏在一起，焦躁不断吞食着内心的平静，渐渐地，看书的兴致全无。最初对广阔天地的向往和对于生活挑战的渴望，就像盘子里的水，被牛车摇晃得一干二净。不断的焦躁累积中，陷入了难耐的惶惑与孤独，想象不出接下来的路有多长，更不敢想象将来二十几天时间如何度过，我把书盖在脸上，眼泪流了下来。

这时，脑海里冒出一个念头：我要回家！随即突然跳下车，准备往回跑，稍加犹豫后，朝着路边一片高深的蒿草跑去。我知道,此时背后一定有一双或几双眼睛发现了我的行动。为掩饰懦弱,在蒿草深处,我蹲下来,再也忍不住眼泪,嘤嘤哭声不争气地从喉咙里挤了出来。几分钟后,我擦干眼泪站起身,牛车已经走远。我开始朝着牛车方向奋力追赶,在距离牛车五十米左右时,为避免被人发现哭红的双眼,放慢了脚步,保持距离,跟着牛车,走了整整三个多小时。直到将近天黑,我才又回到车上。

傍晚,太阳压上树梢,微风送来一丝凉意,让心沉静下来。此时,牛车离开开阔路面,被路边野草包围,指引方向的,是草丛里隐约可见的两道车辙。放眼处,一片芦苇深可没人,在风中起伏摇曳,一望无际的四周,杳无人烟。终于,前方蒿草中两间小屋出现在视线里,目的地要到了。

不远处伸手可以摸到房檐的小屋,称作屋子。这会让人联想起老家的村名——邵家屋子。邵家屋子诞生的过程,与眼前的屋子一样,都是两间破旧矮小的土坯房,只是老家最初的屋子比它还小。

二十世纪四十年代初,老家一带还是一片处女地,沟壑纵横,沼泽遍野。在一片荒野上,来了一个年轻人,他赶着一头牛,牛背上驮着一袋豆种,"咦——喔——"声中,牛在一片荒野上画圈,播下种子的地方,土地就有了姓氏——邵。坐落于这片土地上的小屋,就叫邵家屋子。

后来，各地的灾民、落难者，还有身负劣迹试图隐姓埋名的人，陆续聚居到此，形成一个聚落，邵家屋子就成了村名。黄河口一带，人多数村名都带有"屋子"二字，屋子前面的姓氏，标记着这个村子历史的起点。

我眼前这个屋子，一般只用于季节性耕作临时存身，平时只有一人看守。农忙季节，负责照看庄稼，向生产队捎口信，通报情况，避免延误农时。农闲，则看护屋子，防止被拾荒者拆毁，盗走木料。经过十四五个小时的颠簸，车子停靠在小屋旁，这时内心的孤独已经淡去，眼前的小屋倒有了几分家的温暖。

搭建帐篷，对于这些农民来说轻而易举。几根竹竿斜搭上房子一侧的顶端，一张大帆布覆盖上面，斜面顶端加以固定，下面培土压牢，以防帆布被大风刮起。帐篷内垫上一层干草，铺开被褥，挂起蚊帐，居所搭建即告完成。

姑娘们十来人，挤在不足二十平方米的小屋，已经属于优待。动作机敏，不善礼让，或者年龄大些的，一般能选择睡在炕上；动作迟缓，不能占得先机，或者年龄小些，需要礼让他人，就只能睡地上。在一片喧闹声中，她们很快也挂起了各自的蚊帐。虽然个别人会因为位置的优劣，脸上和嘴角挂着些许阴沉，但是，不一会儿就会烟消云散，声音很快融入一片欢声笑语当中。

安顿下来，意味着艰苦的日子要开始了。

下洼,一般不安排男女混合劳动,而是分区片各自为战。当站在地头,我傻眼了。前方,一眼望去,是一片芦苇的海洋,竟然看不出一丝农田的痕迹。拨开芦苇,才能发现春天播种的大豆,纤细的豆苗缠绕在芦苇上,仔细分辨才能分清行垄,除草留苗,让我这个初涉农活的中学生先是犯了愁。

这时,社员们已经一字排开,各守其责,小心翼翼,运锄前行。他们个个心平气和,意趣盎然,运锄动作不急不缓,行云流水,恰似一行雁阵徐徐前行。

锄地是一项技术活。先是将锄头向前伸出,同时一条腿往前跟进,随之侧身将锄头从身体一侧拖回,从而野草被从地皮下斩断。随着左右腿交替前行,运锄动作在身体左右两侧变换交替。这种从身体两侧交替拖拽的运锄动作叫"换撇"。不断地变换动作和调整姿态,不仅不易劳累,脚印呈现行走状态,不易把松过的土地再次踩实。由于没有掌握"换撇"要领,我只能从身体一侧运锄,加之动作生疏,愈发手忙脚乱,眼见别人谈笑风生中,自己渐渐落在了后面。

如此长的地垄,每到地头,抽烟的人会插下锄,点上一支烟,稍做休息。这时,自己的亲属或生产队长,会利用这个间隙,前来接应像我这样的落伍者。急匆匆熬到头,喘息未定,返程的劳作又要开始了。

夏日的黄河口,酷热难耐,视野里除了野草,再无他物,连一棵树都难以寻见,目光所及处,是一片漂浮于野草上的淼淼雾气。静静地接受阳光炙烤和溽热熏蒸,不比在劳作中让汗水酣畅流淌更加舒适,休息只是稍做喘息,根本无法使疲惫的身体得到调整。

荒原,很容易使人回归原始的本性。据说,黄河口第一代垦荒人,在杳无人烟的沟溪沼泽里垦荒时,曾经一丝不挂。如今虽然没有那样暴露,但是那些成年的农民,大多还是上身赤裸,下身是一条短裤,一条被汗水污渍浸透的毛巾搭在肩上。我没有赤膊的习惯,始终穿那件红色的腈纶背心,显示出我还不是一个真正的农民。

第一天出工,一直处在紧张追赶,咬牙坚持中。回到住处,发现两臂和双腿已经被野草锯齿状叶片划得伤痛累累,血印纵横密布。安静下来以后才感觉到,汗水浸泡的伤处,火辣辣地疼痛。此后的日子,在暴晒与伤痛中,皮肤变得越来越粗糙,越来越黑,渐渐地失去了疼痛感。

几天下来,由于过度劳累、受潮,加上运锄姿势单一,遗患来了。背部脊椎右侧,肩胛骨下方,肌肉出现红肿突起,酸痛难耐。坚持几天后,疼痛不断加剧,于是,我掀起衣服让三叔看,三叔吓了一跳,说:"皮印都肿成这样了!"

"皮印"就是指位于背部两侧的肌肉,农民对背部肌肉纤维炎症状叫"皮印疼"。治疗采取的是一种古老的方式——"拿皮印",即,找一指力过人者,双手并排,拇指和其余四指将疼痛部位肌肉抠住,尽可能往上用力撕拽,随即突然松开。背部条形肌,在被拽起和复位时,发出吭吭响声,直到抓出一条鲜红血晕。治疗过程中,一般人都会被抓得撕心裂肺叫喊,虽然非常见效,却很少有人再做下一次治疗。肌肉纤维炎,是下洼在我身体上留下的最长久的烙印,一直伴随我近四十年。

下洼二十几天时间,是我记忆里最寂寞孤独的时光。一天到晚,除了出工、收工、吃饭和睡觉,只有晚饭后是个人支配时间,却被风中飞沙般的蚊子和黑暗所占领,根本没有任何去处。傍晚闹蚊子,晚上没照明。尤其是蚊子,简直是一种灾难,它们把劳作之余的人们,几乎全部限制在了蚊帐这个狭小空间里。

孤岛,有"蚊子似筛糠"的说法。在蚊子最喧闹时,随手一抓,就可发现,掌心和指缝间有十几只被攥死的蚊子。它的鸣叫声,至今对于我仍然是个谜。不知是蚊子的默契,还是人听觉的误差,当躺进蚊帐,蚊帐外是一片有节律、快速起伏的嗡嗡作响,像一场无数蚊子的合奏音乐会。如果睡得太沉,不小心身体哪个部位贴近蚊帐,第二天醒来必然被蚊子叮成血红一片。

荒野里是不会搭建厕所的,早起解手,被称作"喂蚊子"。男人解手相对要方便得多,姑娘们就大不相同了,她们必须远离住所,找一草窝,先是踩平野草,才能小心翼翼蹲下行事。这无异于把蚊子唤醒,为它们摆好餐桌,臀部则成了蚊子们的饕餮盛宴。

累了一天,我再也拖不动疲惫的身体。吃过晚饭,我把唯——盏马灯,移到离我蚊帐稍近的铁丝上,利用它微弱的灯光翻几页书。有几个没考取高中的发小,年龄与我相仿,都在十五六岁。初中毕业后,经历了一年的劳动锻炼,比我精力旺盛。枯燥的生活,用成年人的话说就是,把他们腔都要憋青了。他们找到了一种排遣寂寞的方式。每天晚饭后,一字排开,脱下上衣,将手中衣服一边在头顶上甩动,一边发出声嘶力竭的叫喊,风一样在小路上飞奔,随即再像风一样旋进蚊帐。

农村有句俗语叫"六月的天,孩子的脸",指的是夏季天气的无常。一天晚上,突然狂风大作,雷声四起,帆布雨棚被刮得哗哗作响,两侧的出入口被大风刮起,眼看帆布棚就要被卷走。我在成年人的奔忙中惊醒,处于懵懂之中,坐在蚊帐里,半天缓不过神来,其他几个同龄伙伴,依然打着鼾声。只见那些成年人,有的拿着铁锹往帐篷周边培土,有的在加固帐篷四周。一部分姑娘也起来了,她们也在四处寻找可以加固帐篷的绳子、砖块、瓦片等。大雨，瞬间倾泻下来。不一会儿，雨水开始从帐篷下面渗进来，铺草下隐隐开始冰凉，帐篷的低洼处渐渐开始漏雨。人们把所有能利用的东西，在帐篷中间位置搭起一方高台，人们把各自的被褥堆上去，盖上塑料布，再搬些重物压在上面。这时，姑娘们的房间已经收拾停当。她们所有人集中在炕上，大部分蚊帐腾出来给了男人们。

折腾半宿，终于安顿下来。一群全身湿漉漉的男人，坐在姑娘们刚刚腾出的蚊帐里，一片沉默。屋里，只有姑娘们的窃窃私语声。充满潮湿与汗渍味的空气里，掺杂着姑娘们的淡淡的气息，微微波动着一个少年体内的情愫。

明天雨工，终于可以休息了！

回望乡关

　　五一长假,适值仲春。雨刚停歇,碧朗的天空挂着朵朵云彩,那云,既不是白色,也不是风雨欲来的黛灰,而是灰白相杂的颜色,略带愠怒,却已经没有了兴风作雨的气势,变成雨后余韵,安静地挂在那里,在明丽的阳光映衬下,晶莹剔透。一只鹰高挂在云端,滑翔盘旋,坝壕水塘里两只水鸭正在嬉戏,也许是预感到了危险,扑棱扎进水中,钻入草丛。

　　黄河大堤顶端,是一条两车道柏油路,道路顺河势蜿蜒,车行其上,一种漂泊的惬意在心里流淌。大堤两侧,护坡草泛出嫩绿。南坡,错落而下,形成阶梯状三道堤防,宽度在六七十米之间。南坡上,种植了国槐、白蜡、海棠等各种苗木。放眼望去,一片娇绿泛着鹅黄,平展展伸向远方。

　　黄河大堤以外,公路平坦,少有曲折,它连接起村庄,也把广袤原野切割成几何形状。路边是苦菜开出的野花,花朵金黄娇艳。芦苇曾经是这片荒野的主宰,依然遍布池泽水岸,它们在路旁沟坡上正焕发出勃勃生机,从往年的枯草中喷薄而出,呈现一片碧绿。昨天的小雨,在深沟形成小溪,几条小鱼顺流而下,被搁浅在沟内一片衰草上，无力地跳跃挣扎。回望黄河大堤，陡立起一条宽阔林带，一碧如洗，一头向海，一头向着上游，直至天际。

雨后的乡野，开阔辽远，一派宁静。空气里弥漫着野草的芬芳，刚刚翻耕过的土地，释放出盐碱的微微咸腥，依稀可以感受处女地的气息，这感觉让我心里泛起婴儿体香。明净的空气，拉近了村庄的距离，树木为村子涂上了水墨色彩。一阵狗吠传来，放眼望去，村子西头，一户土坯农舍在阳光映照下生出暖意，唤起了内心一缕久违的乡愁。

广袤平原上，歇耕整修后的农田，平展如茵，偶有丛丛树木出现在视野。远方，一排柳树环绕着一方平原水库，依稀可见。开阔处，是纵横交错的灌渠，浮雕般高起于地面，把大地刻画成网格形状。远处，一台大型耕作机械蠕行在地平线上，声音从缥缈的气雾里传来，其后翻耕过的盐碱地呈油黑色，与泛着白色盐碱的待耕地形成对比。更远处，有几个晃动的人影，像是对已完工水渠做最后修整。走近那些劳作的人们，他们是外地承包农田改造工程的施工队。据介绍，黄河口八万亩农田改造工程进入尾声，所有盐碱地水灌改良后，将变成稻作农田。原本一万亩土地的西宋乡，经过整平改造后新增土地八千亩，黄河口平原正孕育着又一场巨变。

村口，一位七十多岁的男子，脸色黑红，身材高大壮硕，圆盘似的脸形似曾相识。他正往一辆小型电动三轮车上装土，动作简洁有力，不显老态。离开家乡已四十年，对村里大多数人已经叫不上名字。大约是我工作在外的身份的缘故，他早早认出了我。见我走来，主动和我打招呼，声音热情而洪亮。说话间我记起，他的名字叫园子，是本村一个勤劳的农民，与我家同属第三生产队。他指着脚下的地告诉我：这里本来没有三队的地，当年引黄灌溉结束，西引河地片复耕，重新划分土地时，时任大队干部的宝泉据理力争，硬生生争得了这最好的地块。话语里饱含对宝泉英雄般敬意，从中也能感受到他对土地的感情。

全村土地整平后，集中承包给了大牛，自己将没地可种，他拉土是为抬高、垫平院子，在宅基地上留住自己的一方田园。攀谈中，我不断问及三扣地、四扣地、牛角地、李家坟、同庆屋子等地块的位置，他指给我一丛树，以树为坐标，通过东西南北距离给我介绍。最后，他不无感慨地说："虽然这些年一直生活在村里，但最近几年坡里变化太大，有些地块我都说不太清了。"

村庄的变化来得突然，让很多农人都猝不及防。

骑行在黄河口

平原上的路是笔直的，平展展延伸，连接起村庄，将广袤平原切割成几何形状。仲夏的早晨，晨曦微露，薄雾笼罩，四野迷蒙，平原没有从梦中醒来，一派沉睡般静寂。两行葱茏树木镶嵌着柏油路面，能见处是一条百米长廊，车行其间，犹如穿越在时空隧道。伴随驰行的，是自行车轮胎的沙沙声和耳边的风声。

黄河口平原，道路四通八达，在这里骑行，是一种肆意放纵与释放，又是顺遂心性的漂泊。村庄像生长在公路主干道上的枝丫，骑行中可以在主要干道上飞驰，也可随时窜入乡间小路，在村庄里穿行，其间无一不是水泥路或柏油路，窜入窜出间，感受乡村陶冶的欢愉。在平坦公路上奔驰，是一种别样的感受。从高起的公路上俯视，开阔的视野里，金黄色的小麦，在晨雾笼罩中默立；刚刚注入水的稻田里，雾气轻浮于平静的水面，给人梦幻般的感觉。骑行中，眼前的景物，纷纷从脚下掠过，飞向身后的远方，令人身心舒爽。在这样的道路上骑行，没有沟坎之忧，少有急转之虞，可以调集全部能量，在原野上放逐，任由清风在周身掠过，汗水恣意纵横。此时的黄河口平原，像一面敞开的胸襟，出生在这里的我，感受到她母亲般的宽怀，内心生出由衷感动。

我的目标是哪里？心里生出这样一个问题。对于骑行者来讲，很多时候，骑行的目的只在骑行，如果说有目的，那就是与生命惰性的博弈，强化生命的质量。而我发现，我在黄河口平原上骑行，是为了寻找。从日渐温顺理性的平原，朝着大海的方向，去寻找幼年的记忆，和黄河口曾经的野性。

黄河口第一条柏油路，修建在黄河大堤上，它一头向着大河上游，一头指向大海，在懵懂幼年，认为它的两头都连接着天边。依靠手推车运输的年代，人们并没有体验到柏油路的优越，只知道，在柏油路上面行走，不过百十里，一双崭新布鞋的鞋底就会被它"吃掉"。后来，人们在鞋底上钉上废旧轮胎胶皮，仍然要沿着黄河大堤，前往十几公里以外的黄河口，到那里攫取大河的馈赠。那里有取之不尽的野草，捡拾回家，可使村庄贫寒的日子里遍生炊烟，氤氲出农家的烟火气，温暖冬天的日子；那里有军马场、黄河农场，可供拾荒，填补饥肠；那里每年可生长出大片土地，让无数人可以赶河向海，开荒种地，走出生命延续的轨迹，揭示从丛林走向平原的人类命运的跌宕。

十四岁那年，我推起手推车，走上下洼拾草的路，那是我人生第一次"远行"。沿黄河大堤行走十余里，下大堤，是一条被称作"小坝子"的土路，意味着进入了黄河口荒野。途经王八湾，再走十余里，便是此行的目的地——树林子。

黄河口的荒野是陌生而神秘的。王八湾，是黄河泛滥留下的一个小型湖泊，湖水浑黄，周边遍生芦苇，方圆不过万余平方米，因为好事者编造的一个故事，让它充满神秘。故事中说，王八湾湖底通海，终年不枯，里面生活着一只巨大乌龟，可自由往返湖与海之间。如果有人靠近那片水域，就会被乌龟拽入湖中，或者被吞食，或者几天后浮尸大海。久而久之，路过的人们对那片水讳莫如深，哪怕口渴难耐，也无人敢到湖边掬口水喝。

被称作树林子的去处，是一片槐林。二十世纪六十年代初，由一位大人物发起，调集山东省三千五百名共青团员，在黄河口植树七万余亩，命名为"青年林"。幼年记忆里，那片树林是一个无边无际的存在，对它最大的恐惧是担心迷失其中，找不到归途。安全起见，拾草的孩子，通常把车子停放在林子边沿，与车子的距离保持在视线以内，在方圆百米内活动，将割好的草一趟一趟背到车子旁边，最后装上车子，捆扎牢靠，运回家中。

推着满载青草的车子回家，是平生第一次煎熬。一天的辛苦，早把下洼的新鲜感消耗殆尽，剩下的尽是疲惫。下午返回，体力已是强弩之末，行走数里，两腿如同灌铅,渐渐有了"拉不开栓"的沉重。继续坚持,行不多远,小腿肌肉如砖头瓦块,无法输出能量,挪步就会酸痛难耐。坐地休息之后,起身再走,不过三五十步,疲劳再次袭来,伴随而来的还有尿急,传说中"尿急尿"正发生在我的身上。眼望西北,太阳西沉,暮色像一张大网,鬼魅般在荒原上降临。停车、撒尿、起步,走走停停,再不敢坐地休息。终于熬到黄河大堤,前方出现了三哥的身影,他骑一辆自行车前来接我。认出他的那一刻,我立刻停下车子,瘫坐在路旁。见到自行车,如同发现一根救命稻草,恨不能马上骑上它飞回家。可是,当试图骑上去的时候,接连摔倒两次,这时发现,已经一点力气都没有了。下洼拾草,是黄河口的孩子人生成长的起点,王八湾和树林子,都沉淀进了记忆。

骑车驰骋在平原上的感觉,是一种放逐灵魂的舒然,当思绪被平原上陡起的一道土坡阻断,这才发现黄河大堤到了。抬头望去,找到了小时候仰视它的感觉,它伟岸如初。在老家,曾经不止一次想,黄河大堤怎么变矮了?答案是:因为我长大了。现在看来,是持续多年的灌溉,抬高了地面,地理变迁中,我家所处河段,黄河大堤真的变矮了。

自行车码表显示,骑行距离二十公里,我已处在记忆中那片树林的下游。路边一位老者,刚刚支起打水煎包的炉灶,正在生火,走近一问,方知此地是护林,顾名思义,必然与记忆中的树林子有关。

  黄河大堤上,视野开朗,大堤以外一片绿意,滩区庄稼生机盎然;坝壕里,积水如镜,岸柳倒映;堤坡上,晨光中的护坡草,顶着露珠,一碧如洗,当年的荒原已经不是旧时模样。我放慢了速度,开始朝着黄河上游骑行。出生在黄河口的人,在黄河大堤上行走是踏实的,往前一直走,就可回到我的老家——邵家屋子村。

日 出

地平线上,暗灰色的雾气托着一抹紫红,大地笼罩着雾霭,平原一派静谧。行不多远,一轮红日慢慢浮出,呈暗红色,大而圆,漂浮在灰黛色雾气上。我骑自行车飞驰,它在地平线远方,时而隐没进浓雾,时而从雾气里闪出,不紧不慢,像是跳跃着与我相随。被晨雾包裹的太阳,近在咫尺,收敛了夏日的炽烈,显出它温柔清雅的一面。这个自古被奉为"神"的圣物,在平原的清晨,变得亲和温柔。

路边,灌满水的稻田,平如明镜,薄雾平流,丝丝缕缕,掠过沟渠,掠过水面,不远处,水雾相接,一抹紫色依稀可见;麦田还没收割,在雾气笼罩下,沉郁暗淡,有限的视线内,一轮硕大的太阳,被雾气烘托着,托顶在麦梢儿上。生长在黄河口平原,却是第一次这样认真观察平原上的日出。

退海之地树少。雾气渐消,视野渐转明朗,远处出现一棵树,它孤零零伫立着。那树,形如南方的凤凰树,枝杈疏朗,向外延展,修长俊逸,树冠恰如一只展翅飞翔的大鸟,一颗紫红色太阳恰恰挂在树枝之间,这是一幅似曾相识的图景,令我生出莫名感动。我停住骑行,驻足审视，它在我脑海中浮现出来，那是一棵"扶桑树"，在我脑海中已经驻留多年，它事关东夷族的一个传说，在这里却与它不期而遇。

《山海经》中记载，东海有扶桑树，是神鸟与太阳栖息的地方。每到清晨，神鸟背负着太阳从天空飞过，为世间送来光明，抚育万物生生不息。这只承载了人类希望的鸟，被东夷族人奉为自己的祖先，圣化为族群的图腾，太阳就是抚育万物生灵的神。这是一个比《山海经》久远得多的故事，是原始社会人类对自然天象的朦胧认知。由这个故事发端，孕育出了鸟图腾与太阳神崇拜的社会信仰，诞生了东方族群第一枚徽帜。人与神的结合，赋予东方民族以无畏精神，他们从"金乌负日"故事获得能量，抱着征服海洋与陆地的雄心，崛地而起，照亮了东方，照亮了人类社会蒙昧的夜空，开启了东方奴隶制时代。数千年来，神鸟与太阳的故事，以及由他们带来的血腥变革，在时光的迷雾里化作子虚乌有。后世，人们只能看到历史的天空上，飞翔着一只不知从何而来的凤鸟。直到近代，一把考古的铲刀，掘开了一段历史秘密，一堆陶罐和玉石呈现在世人面前，悉心恭听，隐约听到，它们正在诉说着那个族群延续万年的历史故事。

由此我联想到精卫鸟的传说，它是否关联着那只东夷族神鸟呢？我相信，黄河就是精卫鸟的化身，我脚下的土地就是它衔木填海的杰作。

太阳攀上树梢,大地变得开阔辽远。远古神话拉近了人与神的距离,也拉近了历史与现实的距离,我的思绪从漂泊游弋中收敛回来,陶醉于美妙的晨光里,我第一次感受到,如此深爱这片平原,黄河口的日出竟是如此之美。

夏 夜

夏夜,在老家院中独坐。月光洒落一地,浇灭了一天的暑气。耳边虫声聒噪,唤出村庄无边寂静。远处传来蛙鸣,我才意识到,很久没听到青蛙的鸣叫了。

骑车出门,将自行车倚靠于小桥栏杆,伫立小桥上。静听,虫鸣音色各异,此起彼伏,交响乐般和谐鸣奏;再听,虫鸣隐去,蛙叫潮水般涌向耳际。村庄的夜晚,是它们的世界,而在城市,昼与夜都属于我们。

小桥北望,五六百米处,黄河大堤横亘在夜幕里,大堤上的引黄闸依稀可辨。河水被闸口和引河框束着,向我走来,不远处隐约可见浊流涌动,经过我脚下,又悄然走开。桥南,明月高悬,洒满一河银光。夜晚的水,似乎也行走得从容安静,村庄在河流与原野的呼吸中安然入睡。在桥的南北,引河的左右两岸,两座扬水站刚刚建成,在月光下亭亭玉立,它们是黄河口水利系统工程的组成部分。这里是村庄所有沟渠的制高点,靠机械动力将河水提升,输入水利工程主动脉,通过水渠分流到田间地头,实现自流灌溉。

当年,修建这条引河的推土机,是我平生第一次见到的重型机械。那是一个黄色庞然大物,履带由角形钢件构成，几乎高过我的头顶，司机坐在高高的驾驶室里，在隆隆轰鸣中，它不紧不慢、晃晃悠悠地推出这条河，把村庄分成东西两半，我家与其他六七户人家，成为夹在两条引河中间的孤岛，数条河堤把村庄与原野分隔得七零八落。近年来，村庄发生了巨变，曾经的记忆正被一点点抹去，故乡变得熟悉又而陌生。

小桥往西，不过百余米便是村庄西口。村外，曾经的沟沟坎坎、荒碱涝洼地，经过休耕整平，平展展连作一片。渠成水到，多年的撂荒地，经过水洗改良，变成了稻作良田。大片稻田，正值注水育秧，秧苗细如银针刺出水面，在月光下呈现出一片墨绿，一眼望去，田池水平如镜。近前，明月倒映，远处，水天相合，自己仿佛置身云天之间，追忆从前，恍如隔世，重回故乡，是一种遗失的怅然。

小时候，黄河口一带种旱田，稻子和大米是一个传说，只有事关天堂的故事里出现。乡村的冬日夜话里，当听到"半夜，从远处传来马车铃声"，那就是善良者的"福音"，"一辆来自天堂的马车，车上满载大米、白面，还有肉……"，它往往出现在天女下凡的故事里，是天宫对善良者的馈赠。那些故事，像是饥寒日子里的一缕阳光，温暖着冬季农闲时的日子，滋养着困顿中的希望。当年关于天堂的梦想，已经成为今天百姓的日常。

　　往西骑行,依稀记得柏油路覆盖了曾经的一条羊肠小道。小道在野草和盐碱地里蜿蜒,连接起邵家、补户、联合三个村子,再往前,是我幼年时未知的地方。

生长的土地

老宅东侧是一条引河,往北六七百米,引河穿过大堤上一座小型闸口,连通着黄河,使这条小河成为黄河的支脉。它引来河水,浇灌着数千亩良田,为这里注入生机,哺育着这片土地生长。

村北的黄河,一百四十年以前从河南铜瓦厢决口,回归故道,打破了大清河尾闾千年的宁静,将一片富庶之地变成水乡泽国,从此,那里成为无数流离失所者的故乡。大河汤汤,在渤海岸边诞生出数千平方公里土地,灾民们朝着海的方向,逐河而来,在这里重建家园。八十年前,爷爷和父亲随着赶河向海的人群,来到这里。于是,黄浊漫流、沼泽遍野的土地上,生出许多茅屋和草棚,那茅屋草棚又像盐碱地上的红荆、芦苇,繁衍出后来称之为村庄的聚落。

满目荒野,记录下灾民的凄惶命运,人们对这条大河爱恨交加。利河、害河的争辩中,我渐渐明白,利与害,仅是对大河的浅表理解。大河蕴含着更深的文化,记忆并承载着一个民族的命运。

五千年前,一个信奉鸟图腾、后被称作东夷的族裔,从东南沿海崛起,远征北上,择一脉黄河而居,加入与华夏族群的博弈。从龙山文化时代到夏、商、周三朝，东夷与华夏在黄河流域交替勃兴，互为主宰，成为中华远古文明进程的主流；自古，黄河又是北方游牧民族入主中原的屏障，她见证了民族冲突与融合、大河文明推陈出新的激荡，她像一个老人，目睹着漫长的历史进程。

"黄河西来决昆仑，咆哮万里触龙门。"大河以暴戾乖张的性情，陶冶涵养着一个民族的精神，涵养着她的气度，确立了大河广阔流域政治中心的地位，延续她经久不衰的气脉，使她屹立东方五千年而不倒。一个民族的母亲河，岂可以利害之河而论呢？

在我的记忆里，引河上的小闸，前身是一座二百多流量的大闸，它带来了家乡第一次地理变迁。大闸修建于五十年前。随后，在"人定胜天"的旗帜下，数万民工从四面八方涌来，筑堤修坝，把广袤荒野分割成棋盘式的区块，实施分区灌溉。闸口附近村庄，像棋盘上的棋子，辗转腾挪，为水利工程让路，老家村庄被一条引河一分为二。开闸灌溉季，村庄四周汪洋肆意，浊流带来的黄土年年累积，掩埋着退海之地的荒蛮。

岁月无声，大河逐海远去，原野蜕去曾经的荒芜，一条引河守护着这里的一片安详，河水流经处，土地还在悄然生长。

夏天月夜，我默立在引河小桥上，静观河水在波光中远去,倾听流水私语,它是大河的一脉分支,诉说的正是身后黄河的故事:大河不舍昼夜,万年不息,经流万里来到这里,途经处,把黄土高原一张清秀俊朗的脸,雕琢得满面沧桑,成就了一个移山填海的传说,造就出万里平川,从此文明兴起,点亮中华民族的文明曙光。我浮想着:它起于青藏高原,源头上扎曲、卡日曲、约古宗三脉清流,跋涉万里,会不会正从我脚下经过?五千年前,黄帝抖落在高原上的满身征尘,会不会正在我脚下沉积呢?

月光如水,村庄罩上一层清辉,为房舍树木平添绰约姿容。小桥南北,两座扬水站分立引河两岸,它们像两个巨人,安静伫立。农田缺水时,引河开闸,电机将河水提上河岸,通过配套沟渠输入田间,实现自流灌溉。大片荒碱不毛之地,深耕之后,灌水浸泡,换水洗碱,实现泥沙沉积和脱盐碱化改良,变成稻作良田。农人们借机用水泵引水到门前的菜园,黄河泥沙,使家家户户的田园无时无刻不发生着抬升变化。

河水流淌,累月经年,泥沙淤塞河道、沟渠,开春"清淤"是黄河口例行水利工程。清出淤泥,堆积于引河两岸,成为附近村庄建房、垫宅基,城市建设、绿化取土之地。老宅依傍引河,近水楼台,有取土之利。母亲是个持家有方的人,每遇引河来水,她便督促哥哥们浇灌门前菜园。一年开春,引河"清淤",她找到施工队,让泥浆泵抽出的泥浆直接注入院内菜地,几经沉积,门前菜园淤积抬升与宅基构成一体。

新建房屋,宅基高度照应四邻,避免地势之欺,是农村不成文的规矩。家中老宅翻新,地基与周边新房等高。新房建好,回家小住,发现宅基地平已达邻家舍弃旧房窗台。数十年间,村庄宅基普遍抬高一米有余,一切都发生在悄然之间。

突然,我发现记忆中那些陈列在荒原上、纵横交错的堤坝,已经在时间里抹平,人赋予大地的记忆消失。沧海桑田,逝者如斯,令人心生慨叹。

这个世界上,有一片变迁最快的土地,那是黄河口,那是我的家乡。

消失的小路

"世界上本来没有路,走的人多了,也就变成了路。"鲁迅先生《故乡》中的这句话极富哲理,经常被人引用。这话放在当下就应当是:世界上本来有很多路,大路修好了,小路就消失了。

鲁迅先生所说的路,是两腿或一双脚板的产物。童年记忆里,它铺展在平原上,像一棵大树,触须蔓延,伸向地头,将脚印洒落在地垄田间;伸向坟场,止于坟前祭奠先人的灰烬;伸向黄河口荒芜深处,寄存下黄河口孩子许多陌生与苦难,是他们尝试走向社会的通途。还有一些路,串联起大地上的村庄,蜿蜒曲折通向远方。那棵大树,在荒芜寂寥的时间里,生长出许多令孩子骇恐的故事,使荒原变得神秘莫测。多年以后,那些散落路边的农家灯火,还有与魂灵、鬼怪相关的故事,仍然像大树上结出的、充满魅惑的奇葩,穿越时空,散发着陈年幽香。

路,承载着谋生之道。百姓有句谚语:"人生一世,吃喝二字。"从土坷垃里刨吃食的人,下洼上坡、耕种劳作行走的小路,无不关乎生计。谋生靠一双手,更离不开两只脚,一个人"脚程"好,就可专事"推脚儿",靠一双脚板、一辆独轮车,冷啃三四个高粱饼子或窝头,就可日行百里，进山运煤、下洼拾草，各种运力活计都是谋生手段。曾经，十几岁的大哥和三哥，循着通往黄河口荒野的路，拾草售卖，支撑起一个十口之家。如今，在讲究低碳的时代，大概没有比这更低碳的生存方式了。

远行，称作"出门儿"或"出远门儿"，如果说一个人没有见识，则以"没出过门"评价，此话蕴含着行走与人生质量的逻辑关系。

黄河口人"出门儿"，通常是到潍坊地区的安丘、临朐，最远可达诸城。他们将黄河口出产的大豆，装上独轮车，朝着目的地的方向，踏上串联着无数村庄的路。这些大豆，按一斤换两斤半至三斤的比例，交换当地生产的地瓜干。他们走村串乡，用两条腿丈量着脚下的土地，往返行程，少则六七百里，多则八九百里，至今我想不明白，他们是如何算清脚下的行程的。每次"出门儿"，所需时日大都在六到十天之间，如遇雨雪天气，便不好预期。

被过来人赋予"滑哧溜、黑乎乎、黏糊糊"的地瓜干食品，成为一代人胃口记忆的伤痛。可是，饥饿的肚皮，没有择取食物的权利。几百斤地瓜干，可保障一个家庭漫长冬季的温饱。如有剩余，换取几斤粉条和白酒，使肠胃得以滋润，再有十斤八斤包饺子的白面，一个新年即可丰盛美满。

印象里，黄河大堤是唯一的大路，总有人从上游走来，黄河口的孤岛是他们"出门儿"的目的地。我不知道他们从哪里来，只知道返回的时候，独轮车上装载着从黄河口拾取的干草，个个草垛般大小，停靠在黄河大堤"丁字坝"上，入住利祥他爹看管的车马店。他们从车子上解下铺盖卷儿，在地铺上铺开，取出自带的高粱饼子。利祥他爹开始忙活。猪油爆锅，将切成片状的高粱饼子放入锅内，煸炒后倒水烹制，这种加工食品的方法称作烩。食品烩制完成，几个汉子各执一只比钢盔大一号的铁碗，自行盛得冒尖儿。一片气雾中，他们边吹边吃，吞咽声四起，惩羹吹齑过后，犹如风卷残云，一会儿工夫，锅底朝天。第二天早晨，他们再次启程，沿着黄河大堤，向着河的上游而去。直到今天我也没想明白，那些远离黄河口的人，没有黄河口的柴草，他们靠什么接续日常烟火呢？

　　小路荒废，缘于一双脚板被汽车轮子替代。起初，汽车将就着土地，颠簸着、扭捏着，或抖着威风，拖拽着一尾尘土，在泥土路上行驶。后来，青灰色柏油路承载着人的意志，爬满荒原，延伸到海边泥沼，又在泥沼里搭建栈道、修筑亭台楼阁，把破碎的荒芜摆上"阅台"，成为时下人们眼中的风景。从此，人的脚掌脱离土地，小路消失了！

　　偶尔回村小住，喜欢在通往田野的路上行走。土路为农机通行铺设，辅以石子，田埂代之以水泥构筑的沟渠，把开阔的田野分割成偌大方田,变成大型农业机械的作业场。农人的双脚再无须涉足农田,田野上少有人烟,更无行人驻足之地。那些曲折于田野里的"羊肠小道儿",成了荒原上曾经的记忆。视野之内,树木掩映的村庄,在一片碧野的彼岸,勾连起村庄的小路还在脑海,如今却无法直接抵达了。

俊山叔幼时跟随父母来到黄河口,没离开过这片土地。生活困难时期丧妻,没有续弦,无亲生子女,一直独居于村西几间破旧平房里,随着年龄增大,需要有人照顾。侄子在城里创业,颇有成就,希望接他进城生活。据村里人说,离开村子之前,已经行动不便的俊山叔,肩扛一张锄,在生产队的地里转了好几天。来到自己的承包地,他就插下锄,点上烟,手扶锄把,挺直腰杆,目视着前方默然良久。我知道,他是以这种方式祭奠养育他的这块土地。进城的前夜,他在老屋里抽了一夜烟,流了一夜泪。如今,老屋房顶已经塌陷,墙垣残颓,用砖封堵的门口还站立在那里,昭示着主人对老屋的思念。俊山叔已经去世多年,每每路过老屋,似乎还能听到他在抽泣。

出村庄返城,路不再指向目标城市的方向,汽车须沿着柏油路绕行数里。时下的人,已经习惯屈就路的引领与框束。汽车时代,谁在乎两脚油门的距离呢?行驶在柏油路上,风驰电掣,想起了小时候怕走夜路的感觉。那时候,满脑子都是鬼怪神灵,而今,车灯如柱,夜似白昼,鬼神没有隐身之处,乡下自然没有了鬼神的传说。

数千年农耕文明正在消失,一切来得太快,似在恍然之间。适逢时代剧烈变迁的一代人,感受着艰难岁月映衬下的幸福与满足。然而,回望过去,却像一个熟悉的背影渐行渐远,亦如身处疾驰而下的电梯,给人思想感情无所依托的惶惑。

大河遐思

新秋时节，独坐黄河岸边。微风拂面，岸柳摇曳。前方，河堤险工段，一方方防洪石料枕河而卧，石砌护坡，顺水势呈波浪式绵延开去。大堤下，一浊黄流，盘旋着缓缓东流，悄无声息。对岸陡起的一片绿意，是速生杨树，似有沙沙之声隐隐传来，更衬托出一派静谧。顺河远眺，夕阳沉落，大河流金，水天相接处，霞光环绕间，一面镜湖挂于天际，美轮美奂，那是童年印在脑海中的一幅图景。

生长在黄河边，大河就是一个长梦。黄河之水天上来，不是来自李白诗中，而是来自孩提时的心里。那时候的眼中，天很小，天边就压着邻村的树梢，黄河源头挂在天幕之上。如今的黄河，仍然是一个梦，只是梦境变得更加复杂迷惘。

自儿时起，每每坐在黄河边，就会发出这样的疑问：黄河是什么？

黄河是一条民族气脉。在青海高原腹地，数股泉眼，汩汩冒出地面，形成扎曲、卡日曲、约古宗列曲"三曲"溪流，它们轻灵地跳跃着，一路欢歌，向大海而来。穿山越岭，万里奔波，汇聚众流，成为波涛汹涌的大河。千万年来，她以"九曲黄河万里沙，浪淘风簸自天涯"的气势，在华夏大地奔流，淘尽铅华，锻造出民族精神风骨；她亲睹了"铁马长鸣不知数，胡人高鼻动成群"的民族融合与博弈，历览了民族命运兴衰沉浮；她浩浩汤汤，一路走来，穿越黄土高坡，浸润中原沃野，浇灌三角洲平原，成就了母亲河盛名。因为仰视她的源头，青海成为我心中的一方圣域。

曾几何时，大河日渐温柔纤弱。我曾经坐在黄河岸边，目视河床裸露，河床上一泓清流，俨然一位多愁善感的少女，缓缓东去。终于有一天，母亲河断流了！她身姿婀娜，云鬟如烟，河谷里残留着一汪积水，像是她眼帘里牵念众生的泪。这是气数吗？这还是那条"派出昆仑五色流，一支黄浊贯中州。吹沙走浪几千里，转侧屋间无处求"的黄河吗？

数年以前，我带着大河的忧患踏上高原。那是一方圣域、一幅自然奇观，只见高原上苍穹浩瀚，蔚蓝如洗，空气澄明，无际无涯；放眼处，天尽头，白云堆积如絮，接天壤地；草原上，芳甸如茵，一碧连天。我终于明白，是何等胸襟孕育了大河。据友人介绍，是三江源生态工程，恢复了高原生态。近几年，青海湖水位逐年上涨，湖面已经向滩区推进了一公里多。青海湖的湟鱼回来了，储量达到了最低时的二十倍。沙柳河、哈尔盖河等一些湟鱼洄游的主要通道上,又出现了"半河清水半河鱼"的奇观。青海之行,没能拜谒大河源头"三曲"溪流,成了我的遗憾。我只有朝着她的方向衷心祈愿:源流不竭,万世涌流。

黄河是一只精卫鸟。精卫,是一只从《山海经》里飞来的鸟,她本是炎帝女儿,名字叫女娃,因溺亡于东海,化身精卫鸟,居于发鸠山上,"常衔西山之木石,以堙于东海"。浊漳河恰恰发源于发鸠山,它向东注入黄河。这个浪漫的悲剧故事,让人联想起那个发祥于东海之滨的凤鸟族群,他们因海平面上升,淹没家园,聚族众突进中原。在河南、山西两省交界,距离发鸠山不远处,发生炎、黄、蚩尤三祖大战,族群首领被黄帝斩杀,折戟沉沙,未能东归。精卫填海的传说是不是在诉说那段悲情故事呢?

一万五千年前,地球最近一次冰河期结束,它从长达十二万年的长眠中苏醒,地球的春天降临了。巨大的北半球冰盖消融,潺潺小溪汇聚成江河。在北纬三十度附近,北半球冰盖边沿,出现了数条大河,它们在这一纬度线的高山峡谷间流淌,浇灌出了人类早期大河文明。

一万年前,是地球"气候最适期",气温高出现在两三摄氏度,北半球冰盖加剧融化,地球进入大洪水时代。恰如《山海经》中描述:"洪水滔天,鲧窃息壤以湮洪水。"从此,开启了一场河与海的博弈。一方面,洪水注入大海,海平面逐年升高,沿海低洼处出现海侵;一方面,黄河自上游奔涌而来,裹挟着上游和黄土高原大量泥沙,直扑东海,开启一场填海造陆的浩大工程。这场造陆运动中,大河恰如那只精卫鸟,搬黄土高原,投入茫茫东海,滚滚黄流,万年不息,毕天地之功,使黄河下游连绵山丘淤积成了山东半岛,填渤海湾千米深渊,造就千里沃野。那精卫鸟的悲鸣,就像一曲民族精神的绝唱,在她的鸣唱中,惊涛平息,大海退去,家园在海边重现。

黄河是一条文明的轨迹。西北,一缕长风从洪荒时代吹来,持续了六千万年,将西域吹成了戈壁荒漠,黄沙沉落堆积,在秦岭以南,太行山以西,聚起四十万平方公里的黄土高坡。在黄土高原上,一个女人出现了,她的名字叫女娲。她行走在葫芦河下游的清水河边,放眼望去,四野莽莽,正如神话故事里描述:"山岭起伏,江河奔流,丛林茂密,草木争辉,天上百鸟飞鸣,地上群兽奔驰,水中鱼儿嬉戏。"她被世间如此美景所陶醉。可是,当她安静下来,却因无以为伍深感寂寞,她开始参照自己的样子用黄泥捏造泥人,把泥人放到地上,即刻变成一个个鲜活的生命,于是人类诞生了。

位于葫芦河下游、清水河岸边的大地湾考古，掘开了华夏绵延六万年的人类活动史。恰是这里孕育的女娲伏羲传说，成为中华民族人文始祖第一缕"血脉"。女娲造人故事中的女娲与黄土，沉淀成民族独特信息。女娲的女性之身，和我国古代八大姓氏保留的"女"字偏旁，都传递着来自远古母系氏族社会的信息，属世界历史神话时代所独有，成为中国文化人文主义的独特根基。"皇天后土"与"黄土之德"，把黄土渗透进了民族精神，涵养出儒厚温良的民族精神品质，其包容性成就了泱泱华夏文化，成为儒家文化的渊源。

回望人类文明史发展，是从丛林、河谷走向平原的过程。自远古以来，华夏文明沿着大河的轨迹，在潮涌般跌宕往复中，一路向东，走出一条民族与文化融合之路。六百五十年前，我的先人追随前人脚步，从山西洪洞"大槐树"出发来到此地，在"赤地千里"的黄河下游播撒下华夏文明的种子，在这里一代代繁衍生息。如今，地处黄河下游的人们依然追随着黄河造陆的步伐，赶河向海。

辑三
童年如昨

大奶奶

飞机穿越云层飞上蓝天,我踏上了东北之旅。俯视下面,团团白云如絮、如雪;阳光照射过来,显得尖锐而冰冷;从窗口望去是奇幻的淡蓝色,晶莹剔透,云天极目处烘托着淡淡的雾霭。沐浴着这样的气氛,令人心生怅然。那个"闯关东"的故事再次缠绕着思绪。

二十世纪三十年代末的一个冬天,李姓爷儿仨吃完三个女人做的五更饭,牵上家里仅有的一头牛做盘缠,去实现他们的"淘金梦",留在身后的是三个女人一生的期盼。

三个女人中我记忆最深的是邻居家大奶奶。自从她出现在我的记忆里,就一直拄着一根拐杖,腰略微弯曲,一双小脚走起路来悄无声息,只能听到拐杖戳在地面上的声音。木讷的脸上,嘴角始终紧抿,很少出现喜怒哀乐的表情,一只眼不知何时、也不知何故已经失明,深陷的眼眶下方隐约有一道凹痕,时常有泪水流出。当我稍大些的时候,因兄弟姊妹太多或者家里偶尔来客人,我便会被安排去大奶奶家与大奶奶"搭伙儿"。大奶奶每次都会把烧得暖烘烘的炕头让给我。冬天,偎在大奶奶炕头温暖的被窝里,外面呼啸的寒风,更使心里充满暖意。炕尾处，昏黄的煤油灯光里，大奶奶佝偻的身形、那架永不停息的纺车和她纺线时一收一放的手势，像一幅剪影深烙在了我脑海。纺车嗡嗡的节律，牵引着儿时稚嫩的思绪，大奶奶讲的那个《大公鸡精灵》的故事总是萦绕在脑海：一个孤独的少妇，牵挂着远行的丈夫彻夜难眠……有一天，紧闭的大门哐当一声自己打开了，走进来一位风度翩翩的公子，少妇魂飞魄散，晕了过去，醒来的时候，她躺在那个公子的怀里。从那以后，每到夜深人静的时候，公子都来陪伴这个少妇。时间久了，少妇越来越消瘦。终于有一天，秘密被细心的母亲发现，几经盘问，少妇才说出真相。于是母亲给她出了个主意，让她准备一根很长的红线，在公子出门前拴在他衣角。早晨起床，少妇顺着线找去，发现线系在邻居家一只大公鸡的翅膀上。讲故事的时候，大奶奶脸上没有一点表情，使那个离奇的故事透着一种伤感和阴森。

　　那个故事就像我眼中大奶奶恍惚的背影，充满神秘，盘结在儿时单纯的脑海。我想，在大奶奶心里，她纺的线一定牵着大爷爷的衣角，她想他的时候就能把他拽回来。

　　飞机升空四十分钟后，云层渐渐退去，起伏的山岭一片肃杀，树木在白雪掩映中一派苍凉，像一幅古朴的水墨画,衬托着童年记忆里那个梦。

眼前再次出现了那三条山东汉子和一头黄牛的影子,他们艰难地跋涉在荒山峻岭之中。虽然他们都是全村最精壮的男人,都有一副铁一样的身板,比之大山却显得异常孤寂而悲凉,他们隐现于高山和密林之中,他们的行程就像大奶奶手中那根线,不知道有多长,更不知结束在哪里?

听大奶奶说,有一年曾经有爷儿仨的消息传回来。有一天,天刚擦黑,村口出现一个孩子的身影,他衣衫褴褛,跌跌撞撞直奔张姓家门而去,冲进家门扑到母亲怀里号啕大哭:"俺爹死了!当时他还有气呀,还有气就被日本人扔到山沟里了!"说完昏了过去。据说,那个十几岁的孩子是"闯关东"回来的唯一活口。

从孩子那里得知,他们父子刚到东北就被日本人骗去开矿,他因为年龄小,只能干一些零星活,父亲积劳成疾丧失劳动能力,被鬼子扔进了山沟。父亲死后他冒死从矿区逃了出来,虽然被日本人的子弹打穿了大腿,还是坚持一路讨饭回到了家。他听父亲说,曾经在相邻的一个矿区见过李家爷儿仨一面,当时爷儿仨由于身体精壮混得还算好,见面还相互交代,如果谁能活着出去就给家里捎个口信儿,从此三个男人再无音信。后来,那个"闯关东"的孩子入伍加入了抗日队伍。渐渐地,关于这三个男人的事在村里再没人公开提起,后来这件事情像一句神秘谶语,变得越来越讳莫如深。

大奶奶有三个儿子,大儿子和小儿子先后都成了家,二儿子一直单身。在我母亲的印象里,大奶奶从来不与人交流,与两个儿媳的关系也不融洽,有时候甚至表现出一种隐隐的恨。

虽然邻里多年,母亲也只提起过关于大奶奶的两件事。第一件是,二十世纪六十年代初,有一个妇女带着一个男孩儿逃荒流落到本村,与二儿子生活过一段日子,后因大奶奶不能接纳,母子俩被迫离开了家门。第二件是,有一天母亲和她一起做针线活,很少主动开口说话的大奶奶突然说:"他回不来了,大概是死了。"母亲被这莫名其妙的话吓了一跳,也不知大奶奶这话从何而来。大奶奶接着说:"我梦见他回来了,浑身是血,站在我面前,转身离开的时候说他走了。"这话听得母亲毛骨悚然,大奶奶却只是顿了顿手中的活计,脸上依然是固有的木讷表情。

后来,大奶奶糊涂了。起初,并没有人注意,母亲还是一如既往地将做好的棉花条子拿过去让她帮忙纺线,一段时间后,母亲发现大奶奶纺出的线越来越不足数。直到有一天,大奶奶的小儿子帮她收拾被子的时候,发现她被子里裹着大量的棉花条子,这时人们才恍然大悟。从那以后,再没人找大奶奶帮忙做活儿。

再后来,大奶奶糊涂的毛病越来越严重,见到自己喜欢的东西随手就拿,拿了随手就藏,最终她自己也不知道藏到了哪里。有一次,她到我家串门,看到鸡窝里有鸡蛋,就拿起来藏进自己的衣袖,还不忘到我家炕沿上坐一会儿,临走却把鸡蛋的事忘了,不小心把鸡蛋从衣袖里掉出来,摔个粉碎。她低头看看,嘴里嘟哝骂一句。母亲笑笑,叹口气。

大奶奶晚年爱骂人。

不知何故,大奶奶不允许别人用手拍着嘴发出断续的"啊——啊——"声。后来,一些不懂事的小孩子,有意发出这样的声音惹她,大奶奶就会气愤地用拐棍戳着地不停地骂。我曾经问母亲大奶奶骂人的原因,母亲说她也不知道。

后来大奶奶死了,孤独地死在了自己那几间破屋里。她小儿子过去看她的时候,门虚掩着,推门进屋,发现大奶奶安静地躺在炕上,身上盖一床崭新的被子,面色比平时显得安详,苍老的面孔似乎还泛着微微的红润。

她睡觉怎么不关门?她身上盖着的崭新的被子是从哪里来的,她一直把它藏在哪里?这些成了人们心里的谜团。

在我看来，大奶奶可能一生都在等，等大爷爷回来。直到那天晚上，自知一生的期盼已经到了尽头，便给大爷爷留了门，她独自走了。

当飞机降落在沈阳机场，我第一次踏上东北的土地。汽车在山林中穿行，柏油路洞穿了高山密林的神秘。当代人的脚步，只在景点上逗留，步行栈道远端，依稀可见的古道沧桑，仍然残存着大量人工穿凿痕迹，它们无一是我小时候想象中的样子。

我对东北的向往，始于那个"闯关东"的故事。我的东北之行，也背负着大奶奶的期盼，我相信，与我同行的还有大奶奶的心和那双望眼欲穿的眼睛。八天行程，我的步履贯穿了东北三省，只有大城市的逗留才有相对宽裕在时间。在沈阳、哈尔滨期间，脚步像是被大奶奶灵魂驱使着，无法停息。在哈尔滨，我从哈尔滨的防洪纪念塔，先是沿着松花江东下，尔后穿越整个市区，走了整整五个小时，直走到城市东南角的边沿。每遇到一条老街、一座老房子，我便停下来，久久凝视，努力想象着那三个"闯关东"汉子的命运。当抗日战争结束的时候，三个人中但凡有一人活着，也不会音信全无，想必他们已经客死异乡。一路上，我似乎能感受大奶奶的那颗心在跳动，那双饥渴眼睛的凝视与留恋。在旧城区一排破旧的青砖房子前面，我停下了脚步，想起了当年街道上鱼龙混杂的场面，脑海里涌起一股股浪潮，一些小人物在那浪潮里不断翻滚挣扎。假如这里曾经出现过大奶奶期盼的那个人的身影，大奶奶能感知到吗？想必她能辨出那个人熟悉的气息，因为他脚上穿着她亲手做的鞋，他衣角拴着她纺的线，她自然也能辨得清他的足迹。如果大奶奶泉下有知，也许他们能在这里相遇。

在水一方

"绿草苍苍,白雾茫茫,有位佳人,在水一方……"歌声带着邓丽君特有的舒缓韵致,在清幽暮色里流淌。一位翩翩少年立于高高亭台,用萨克斯伴奏着邓丽君的原声歌曲《在水一方》。少年表情忧郁,在夕阳余晖里,身形柳枝般摇曳着,悠扬的乐曲,带着缕缕愁绪在夏日微风中飘荡,抒发着一位恋人的倾诉。

眼前,太阳沉落,大河褪去黄浊,呈现出暗蓝色隐隐波光,静静地向东流淌,顺流而下三公里,就是我的老家。这是我当兵后,第一次离家这么近却不能回去。虽然父母离世后,家的感觉已经不同以往,但心里依然怅然若失。

凄婉的歌声里,树影婆娑,向日葵在微风里窸窣作响。葵花盛开,花瓣绽放出娇艳金黄,花托如冠,洒满细碎金色,就会生出莫名感动。那个叫金冠儿的女孩,还有那张胖嘟嘟脸庞就出现在眼前。她粉嫩小脸丰盈圆润,抿着的小嘴透出安娴沉静。头发微黄,总有一缕掠过眉心散落在脸庞,脸上少有笑意,神情俨然一个小大人儿。眼睛大而明亮,听人说话时总是专注地直视对方,清澈眼眸里带着真诚期许。

小葵园南边是一片苘麻。初夏，几场大雨过后，转眼间，人们眼前铺展开一野碧绿，不知不觉，葵花和苘麻便可淹没孩子们小小身躯，希望躲到大人视线之外的孩子，便有了自己的一处乐园。

鲁北地区，孩子们过家家游戏称为"过年儿"，游戏中金冠儿是我的"新娘"。

划房、盘炕、挖灶完毕，金冠儿头戴花冠，脸上遮一枚苘叶，被簇拥着进入洞房。花冠用柳条编制，点缀蜀葵、苘麻、苦菜等各色小花。遮住脸的苘麻叶就是"新娘"的"盖头"，"盖头"取下那一刻，金冠儿羞涩地莞尔一笑，脸上泛起淡淡红晕，即刻引来孩子们一片雀跃，就此"爹、娘、儿、女"各自入戏。

金冠儿把"娘"的角色演绎得活色生香。捡柴、烧火、做饭，她忙个不停。待"一家人"身背、肩扛、手提，携带各种农具收工回家，金冠儿双手托着一枚葵花叶出场。葵花叶上堆满丰盛"食物"，其中有苘麻黄花、毛茸茸的果实和各种野菜。孩子们个个表现出夸张惊喜，纷纷上前，各自抓起一把，塞进嘴里，咀嚼出响亮的声音，体现食物甘美，表达享受美味的满足。金冠儿双手抱着肚子再次出场，游戏进入坐月子环节。一家人齐动手，采来苘叶，铺成一方绿色炕席，在画出的房门前面，找一棵粗壮挺拔的苘麻，系上红色布条。现场布置完毕，当金冠儿再次进入视线时，已经成了一位产妇。一块方巾戴在头上，怀抱一捆青草，作为婴儿道具，青草上盖几片葵花叶子，她盘腿坐在绿色苘叶铺就的炕上，一边轻摇着身子，一边轻拍着怀里的"孩子"，哼唱起摇篮曲："狗来了，猫来了，吓得孩子睡觉了；狗一声，猫一声，吓得孩子不作声。"其他人则端茶倒水、生火做饭、扫地洗衣，不同角色施展创意，尽心服侍。当"父亲"停下手中活计，掀开产妇怀里的葵叶看一眼婴儿后，大家才会一起围拢过来，表示对新生命的关切。

到了入学年龄，金冠儿就离开了玩伴们的视线。

金冠儿发育早，同龄孩子入学时，她已经是十来岁孩子的身形，在家担负起照看弟弟妹妹的责任。同龄孩子小学毕业，她成为生产队一名女劳力，童年草草结束。偶尔路上相遇，她那张天生晒不黑的脸，依然是孩提时的娇嫩，却褪去了儿时的稚气与娇羞，满脸绽放出葵花盛开般灿烂的笑容，一排整齐洁白的牙齿透出少女的青春活力。

有一次在路上遇到，她突然问我："哎，你是不是真的考了第一啊？"挂着一脸的惊喜。还有一次，我正埋头走路，她突然出现在我的面前，劈头就问："你是不是给老师起外号了？"接着又说，"给老师起外号可不行。"她语气生硬，眼神里却充满温情。

这时,我发现她足足高出我大半头,表情和语气都失去初中年龄的轻松率然。尤其是面对面说话时,身高差距给人一种无形压力。自那以后,我一直有意回避她。

不久,发生了一件事,金冠儿家的锅被人砸了。

一天早晨,金冠儿家传出阵阵喧闹,引得年轻人和孩子们朝着她家方向呼呼疯跑。只见金冠儿娘一手叉腰,一手持菜刀,只身立于门口,手里菜刀不停地比画,正在破口大骂:"一个破鞋勾引了我家男人,我还没找你们算账呢,你们居然找上门来了。只要不嫌丢人,就说个明白,如果都不想要命,咱就鱼死网破,任由你们了。"平日里温柔贤淑的良家妇女,俨然成了一个泼妇。

与她对峙的是邻居家一群女人,有的手里握着棍子,有的手里拿着铁锨,怒目相视。唯一的男人,气得脸色蜡黄,嘴唇发抖,手里拄着三齿钉耙,一声不响立在一旁。相持不下之际,男人说:"好,那就见官!"带着一群女人离去。

金冠儿家一片狼藉。桌凳四脚朝天,锅碎落灶里,灶里还有一堆饭食和一块石头。水缸旁边也有一块石头,像是砸缸未果。金冠儿爹躲在里屋,双手抱在怀里,长期堆笑的一张脸,因为惊吓变得像冻僵的死人。金冠儿娘进屋,坐在地上放声大哭起来。

从大人的嘴里听到事情的原委。金冠爹在公社食堂做饭，很少在家居住，金冠儿娘自己带着一群孩子在家。为安全起见，晚上请邻居家一个十七八岁姑娘做伴儿。金冠儿爹偶尔回家，女孩也不回避，就睡一个炕上。金冠儿爹从食堂偷偷带回点儿吃的，会分给女孩一些，有时买点儿小东西，时常悄悄塞进姑娘口袋，表现得殷勤体贴。起初，无人介意，时间久了，姑娘肚子渐渐大起来。姑娘母亲首先发现不对劲，在家人威逼下，姑娘说出实情，问题出在金冠儿爹。

当时年月，如果姑娘家告发，金冠儿爹下狱，姑娘身败名裂，这是两家都不愿要的结果，而姑娘一家，绝不会暗咽这口恶气。事情很出乎人们预期，平静下来再无声息。只是有些日子不见金冠儿爹在村里出现，有人说看到他被公安局带走。过了些日子，他又出现在村里，又有人说，金冠儿娘带着丈夫来到姑娘家，下跪致歉，还赔了钱，金冠儿爹的腿被打断，事情得以私了。金冠儿爹消失那段时间，是在县城里住院。

金冠儿再不像以前，偶尔遇到，总是低着头匆匆走开。

最后一次见到金冠儿，是当兵后第一次回乡探亲。路过村里一座小桥，发现一个女人的背影，她蹲在桥下河边，身旁放一根扁担和两只水桶，正用舀子往水桶里舀水。女人体态微胖，一件灰黑色的裤子，紧绷住丰腴臀部。走到近前，她正担起水往桥上走，与我打个照面，她是金冠儿。

从上而下，第一眼看到她开阔衣领里袒露的胸部，两只乳房饱满丰实，在衣服里高高凸起，心里突然生出隐隐慌乱。她衣裤半旧，可能是因为身材变化，穿在身上有些局促。贴身是一件开领劣质毛衣，罩一件红色外套。额头上方，蓬起丝丝乱发，发质干枯微黄，简单拧起的粗实发辫，齐肩束于脑后。浓眉大眼，整齐洁白的牙齿依然如初，脸庞娇美，皮肤细嫩，神色略显憔悴，一副农村少妇形象。她也认出了我，在桥上放下水桶，双手将扁担抱在怀里和我说起话来。

她已结婚生子，难得回娘家一次，为父母亲挑几担水，她的话还带着小时候的率真。从羡慕我的话语里，听得出她目下境况不好，对自己的家庭生活也不满意。在军营男人堆里生活了几年，对一男一女站在路边聊天的情形，有种莫名紧张。"我来帮你挑回去吧？"我客气道。她忙挑起担子与我一路往家走去。

音乐会现场点起了篝火，四周支起多个烧烤摊，运来大量桌椅和食材，活动变成一场音乐伴奏下的野宴。我独坐河边，眼前大河奔流，一片芦苇在微风吹拂下无声摇曳，情绪像是被歌声里茫茫白雾笼罩，思维在泥沼里跋涉。

《在水一方》歌词，显然来自《诗经》中的《蒹葭》。这首来自秦国故地的柔美辞章，带着两千多年前的古韵，一路漂泊来到眼前。想来，人生就是一场漂泊，像芦苇的白絮，被雨打落，被风携走，或在河流里随波逐流。在这条大河的岸边，自古以来，不知有多少男女演绎过悲欢离合。这会儿，我漂泊到了故乡这条大河旁。

那个叫金冠儿的女孩呢？村里人说，多年以前，她跟着一个卖老鼠药的私奔，流落在河南豫西地区。后来，又有人说她回来了，独自带着两个孩子，在东营市一家饭店里打工。之后，就再没了她的消息。

打滑哧溜儿

打滑哧溜儿,类似于城里孩子玩的滑梯游戏。在池塘或小河边找一面土坡,借助雨水冲刷出的沟槽,用双手或镰刀,抑或其他现成工具稍加平整,涂上黄河里特有的红泥,奇滑无比,屁股沾上,便飞驰而下。孩子们屁股细嫩的皮肉,在细如凝脂的红泥上,随着沟槽起伏波动,发出噼啪噼啪的响声,孩子们和他们的欢笑声,一起被抛进水里。

村南,有一条沙河,水浅坡缓,干旱年份河水干涸,即为一片草场。村北的河沟,曾是黄河故道的一部分,沟深坡陡,是孩子们戏水的经常去处。河沟,是经激流冲刷,切开淤积板结的红泥而成,沟槽两壁硬而且滑。沟坡上,雨水冲刷,累月经年,形成一道道犬牙交错的冲口。河沟铭刻进了幼年的记忆,也承载了第一次打滑哧溜儿失败的经历。

那是第一次跟比我大的孩子去沟子游泳。同行者中,我年龄最小,不通水性。为安全起见,我一人在近岸浅水区,双手揪住一撮芦苇,一边扑通扑通双腿拍打着水面,学习狗刨;一边看着年长的孩子们,在深水区嬉戏、捉人、打水仗。一阵喧嚣打闹之后,意犹未尽,年龄最大、外号"蝎猴子"的孩子,提出打滑哧溜儿玩。

沟坡红泥质地,经盐碱侵蚀,呈深褐色,干燥时坚硬滞涩,遇水即刻变滑,不用修整便是天然滑道。说话间,孩子们撅起屁股往沟坡上泼水,滑道瞬间打造完成。按年龄排序,我第一个开始。因刚淋过水,沟坡无法攀爬,我只好摇摆着小屁股,绕道至缓坡处,四肢着地爬上河岸,找准雨水冲出的沟槽,小心翼翼正待坐下,两脚一滑,只听屁股砰的一声,双脚朝天,没等做出任何反应,就已经在硬如顽石、犬牙交错的滑道里冲下,跳动颠簸间,屁股有种碎裂的感觉,一声惨叫,整个人冲进水里,半天没能露出水面。当被人架住双臂捞起,脸已憋青,半天才哇的一声哭出来。几天后,屁股上出现一大片"婴儿青"。此后,每当见到河岸沟槽,如果上面有屁股印子,就知道,那里肯定发生过不谙水事的孩子的"悲剧"。

孩子们对打滑哧溜游戏乐此不疲,表现踊跃。一旦有人提议,就会人人动手,捞起河底的红泥,双手借助肚子依托,蚂蚁搬家似的爬上爬下,滑道在大家努力下一蹴而就。随即,在麻雀般喧噪中,赤条条依次在坡顶排好,伴随着尖锐的呼啸,一个个滑入水中。下滑的姿态花样百出,有的循规蹈矩,坐姿端正;有的舒展仰卧,岔开双臂,呈拥抱蓝天之状;有的则头向坡顶,俯卧下滑。水性好、胆子大的,或仰或卧,或者头朝下直接扎入水中。蝎猴子动作最为出奇，他仰卧下滑，倒插葱入水，就势一猛子扎向对岸，出水的时候还保持仰面朝天姿势。从水中站起，孩子们个个泥水满脸，小手由上往下一撸，刮净泥水，又加入向坡顶攀爬的行列，再依次向下滑行。

二十世纪七十年代，黄河口实施引黄灌溉工程。为将黄河水输送到预定区域，穿越邵家屋子村，开挖出一条"引河"，河岸形成一条二十多米的缓坡，使滑道可以延长数倍，使得打滑咪溜儿有了"高端大气上档次"的提升。随着孩子们年龄和经验的增长，滑道修建工艺水平也有所提高。他们不满足于平坦滑行，而是在松软的土坡上修整出起伏的"波浪"，表层涂抹黄泥，使身体在滑行中释放出噼啪的音效，尤其是"坐式"滑行，屁股能顿挫出音乐般的节律，令人陶醉。滑行方式不仅有平躺、俯冲，还开发出"开火车"式。"开火车"即：前面一人做出手握方向盘姿势（当时没人知道火车有没有方向盘），其余人依次岔开双腿夹住前者的屁股，双手搂着前者的腰，嘴里齐声发着"唔——"，"火车"开始启动，学着电影里火车启动时的节奏，发出嗤嗤嗤的响声，最后再齐声吼叫冲入水中。

滑道建成，几乎可以一劳永逸。再次启用时，只要往上面淋水滋润，涂抹少量红泥，坐上去，用屁股蹭平，便能光滑如初。

一天，我在家里无所事事，正闲得无聊，天上掉下"灾祸"。先是听到从滑道方向传来一个孩子的哭声，那哭声由远而近，越来越近，最后停在了我家门口。

"还用问吗？自家养的孩子自家知道。平时挨欺负，俺都忍了，这次是想要俺孩子命啊！"外面是"坏蛋"娘的声音。

我早已听出是坏蛋的哭声。坏蛋有五个姐姐，坏蛋娘四十六岁才生坏蛋，因是家中独子，平时溺爱娇惯。小朋友一起玩儿，稍有委屈，就回家"搬救兵"，替自己出气。我与坏蛋素有不和，听到哭声，不由幸灾乐祸，忍不住想跟母亲出来看看热闹。

出门看到门外站着坏蛋和他娘，只见坏蛋一手捂住屁股，一手牵着母亲的手。见我出门，哭声突然变得声嘶力竭，坏蛋他娘蜡黄的脸上，两只冒火的眼睛直戳戳盯着我："这就是您那孩子干的好事！"说话间，两手扳着坏蛋肩膀，用力一转，让坏蛋屁股蛋子朝向我和母亲，拿开坏蛋捂住屁股的手，露出两条挺深的血印。

后来，听小朋友道出了事情原委。不知是谁在打滑咪溜儿的滑道上安放了两枚蒺藜，那蒺藜不深不浅，滑道经水湿润后，刚好露出尖刺。那天，几个孩子相约去打滑咪溜儿，没等滑道修整完毕，在家享受惯优先权的坏蛋，抢先上去试滑，滑到半截，哇的一声大哭起来。起身一看，屁股被蒺藜划开两道口子。坏蛋娘闻听哭声，飞奔来到现场，先是对玩伴们一个个"审讯"，排除了现场"加害"，又通过调查，由在场孩子们猜测推选，素有"捣蛋鬼"名声的我被推举了出来。二话不说，坏蛋娘拉起坏蛋，直奔我家而来。

边走边吵，来到我家门前。母亲急忙迎出门，往屋里劝让，请进屋喝茶。见坏蛋娘不依不饶，母亲只好对我进行"审问"，不管如何严厉威逼，我始终宁死不屈，拒不承认。按道理，审问无果，又无人证，事情应该到此结束。可是坏蛋娘俩，依然没有去意，坏蛋哭声虽然降低了音量，却拉长了节奏，转换着腔调，捂住屁股要往地上坐，表现出耍赖的情绪。看样子，他受了疼，就要有人为他赔罪，只有这样，他才能找到心理平衡。眼前景象，引起了母亲的恼怒，一把把我拽到面前，狠劲朝屁股打起来，一边打，一边骂："你这个不长记事钟儿的东西，安安稳稳坐在家里，却让人家找到门里来了，人家咋不赖别人？你以为你也有'护身披'吗？你不要脸，大人还要脸呢！"嘴里说着我似懂非懂的话，直打到母亲没了力气。坏蛋渐渐停住哭声，只发出拖得更长的哼哼声。看样子，他一直想用我的痛苦，修复他心里的"委屈"，希望目睹我的惨相，我却只是含着眼泪，两眼瞪着他。直到坏蛋完全停住哭声，坏蛋娘这才转身，拽着坏蛋，风一样离去。

逮　鱼

"旱了蚂蚱涝了鱼",下涝雨年景鱼多。大雨过后,水岸河边,出现大量被称作"线引头"的小鱼。那小鱼,大约蝌蚪长度,细如麻线,形如木楔,通体透明,两只眼睛大而突出,双目处是两个黑点,一条灰黑色细线贯穿全身。它们成群结队,在岸边浅水里,忽动忽静,忽隐忽现,机敏灵动。水面上,不时会呈现出人字形波纹,箭头般驰行,那是一种叫作鲢子(又名水浮鲢)的鱼进行的"飞行"表演。这种鱼,有水表活动习性。当它们在水面嬉戏,水面上泛起纷乱波纹,犹如天女散花。此时,如果用力跺脚,或者一声呼喊,虎口长的鲢子,银梭般跃出水面,泛起一片银白。

鱼的出现,有时很神奇。老人讲:有一年下大雨,亲眼看到,天井里落下活蹦乱跳的大鱼。并言之凿凿地说:曾经见到"龙吊尾"往天上吸水,一个很大的池塘,瞬间水被吸得干干净净,连水带鱼一起吸到了天上,那鱼又随着降雨回到地面。上过天的鱼,身上带着龙气,没人敢吃,捡到的人,都拿去放生。

有一年,天气大旱,村北池塘干涸数月。一场大雨过后,不出俩月,池塘居然出现了半尺多长的"草棒槌",

引得村民纷纷操起网具，前来捕鱼，个个收获颇丰。更为奇妙的是，遇到连绵雨天，大树树杈凹陷处，一汪水，居然也能生出小鱼，对此，无人做出解释。当地人相信，鱼是蚂蚱所生，蚂蚱是鱼的前世，鱼是蚂蚱的今生。

黄河人家，家家有渔具。一些家庭有旋网、拉网、粘网子，抢网子属孩子的渔具，每家必备。抢网子构造简单，就是将略粗于拇指的树枝，去皮磨光，挝成半圆形，开口端固定于木制横梁上，横梁称之为"舌头"，"舌头"正中至半圆弧顶，贯穿一木棒，木棒延伸出弧顶约二尺，作为把柄。兜状网子，固定于半圆弧圈和前端"舌头"上，网具即成。网鱼时，双手一前一后，握住把柄往前冲，逃避不及的鱼儿，便成网中之物。

当时大多孩子，一条"松紧带"裤衩，是全身唯一饰物。每到假期，孩子们赤脚裸背，三五成群，手提瓦罐，肩扛抢网子，奔向沟池河塘。村北河沟、村西战沟、村南水库，引黄灌溉工程形成的沟渠河汊、"方土窝子"，都是孩子们的去处。裤衩作为浑身唯一的遮羞布，孩子们倍加珍惜。下水前，不忘将裤衩放在岸上，避免河泥浸入纤维，无法洗净。偶尔发现一方水域，孩子们便双手拇指插入"松紧带"两侧，将裤衩一脱到底，端起网子直冲水中，抢得"头水"，往往必有收获。如需转移场地，索性把裤衩穿在网子手柄上，裸身前往；如果水域连片，就顾不得裤衩，顺水而往，直到收工，才顺路将裤衩捡回。

坏蛋胆小，只是偶尔参加打鱼摸虾之事。一次，我们一起来到一条陌生水沟。水沟里抢鱼，通常是一边横向移动，一边用抢网子前端往沟沿上顶，喜欢遛边儿的鱼，一旦被怼住，便无处可逃，落入网中。水沟里逮鱼，鱼儿一旦受到惊扰，便不好捕捉，捕鱼者之间通常留出一定间距，交替向前。坏蛋为了抢得"先水"，跑出老远，一网下去，抄上来一条三尺长的水蛇。那水蛇，扭动着乳白色的身躯，不慌不忙，努力朝网子外面爬。只听坏蛋哇的一声哭起来，顾不得再看一眼网子，直奔家去。从此，坏蛋精神不振，有时候嗜睡不起，他母亲隔三岔五去找一个村妇为他"叫魂儿"。"叫魂儿"是封建迷信，坏蛋和他母亲只得鬼鬼祟祟，出出进进一个夏天，才把坏蛋的"魂儿"安入"神舍"。

如果实在没有去处，便到村子西北一片水面。水深及膝，水里遍生水草，水草生于浮泥上，浮泥下是红土板结形成的硬地。孩子们手持网子，冲来冲去，往返于两岸之间。上岸倒出半网泥草，从中捡出寸长的猴子鱼、草棒槌、小鲫鱼和草虾等。收工时，半瓦罐清水里，乱纷纷浮游着一群快活的小鱼，总共不过一二两重，却丝毫不影响孩子们的兴致。逮鱼，有时只是孩子们的游戏。

黄河大坝以外，河岸大坝之间，邻近坝根的地方称作

"坝壕"。丰水年份，黄河漫滩，会存下大片积水，经年不枯。如果不遇大旱年份，雨水不断补充，坝壕里积水数年不干涸，是一片常设渔场。开阔水面，不是抢网子的用武之地，又因坝壕里栽植大量柳树，树枝、树根多，其他网具也难派上用场，是摸鱼者的天下。适宜摸鱼水域，水的深浅必须适中。水太深，双手触底，水面没过口鼻，则无法正常呼吸；水太浅，容易捕捞，鱼虾稀少。摸鱼，从表情看，很像电影里排地雷。摸鱼者呈半蹲，凝神静气，猫腰伏于水中，只将头露出水面，双手轻抚水底，反复展开捧合，徐徐向前，凭手的感觉将鱼从水下捉住。水深处，水至双唇，只见摸鱼者，半个脑袋浮于水面，因聚精会神于水下，双目迷离，像一个个浮漂，游移于水面，十分滑稽。大狗是摸鱼的高手，只见他双唇轻闭，凝目屏息，与其他孩子最大的不同是，不管手是否触碰到鱼，面部表情不会有丝毫变化。当摸到鱼，稍一起身，肩部露出水面，头都不回，随手向斜上方一甩，鱼便从空中飞到岸上。如果离岸较远，甩不上岸，他便将鱼塞进嘴里，咬住鱼头，像是嘴里伸出一条银白色长舌，直到摸到第二条，才走到岸边，将鱼扔上岸。也有摸鱼者，身背布袋或网兜，将摸到的鱼随手塞入其中。

柱子不是摸鱼的行家。当他摸到鱼，先是眼神惊异，随之触电般浑身痉挛抖动，自己倒像是一条惊慌的鱼，直到那鱼逃之夭夭，他才平静下来。

黑鱼的傻气挂在脸上，尤其目光里透着一种呆呆的神色，不难捕捉，却浑身蛮力。它"吃饱喝足"，总是安静地将下半身插入泥中，像一根橛子，因此被摸鱼者称作"插橛儿滴"。有一次，只听柱子兴奋地大喊："逮了个插橛儿滴！"说着将一条二尺长的黑鱼举过头顶，话音未落，黑鱼以游动姿态剧烈扭动，黏滑的身体噌地蹿出一米多高，落入水中，飞驰而去。从此，"逮了个插橛儿滴"成为捕鱼者的笑谈。

豁鱼，即竭泽而渔，是逮鱼最可靠的办法。逮鱼者，或截一段水域，或就孤立水塘、水池，将水排光，收获其中鱼虾。豁鱼并不意味着都能成功，比如，水坝冲毁，功亏一篑；再如，将水排净，却没有收获。老憨的失败就很惨。老憨生性执拗，被他娘称作"犟种"。有一次，和一只蚂蚱较上劲，开始用手拍，后来用鞋扣，几次没有成功，蚂蚱受到惊吓，每次不等他靠近就起飞，并且一次比一次飞得远。老憨时而匍匐前进，时而起立飞奔，追出三公里，直到把蚂蚱赶进黄河。"老憨逮蚂蚱，追到T字坝"，在村中流传多年。

一天，老憨看好一方孤立水塘，池水呈淡绿色，水面平静，有几只水黾（俗称卖糖的）在水面上悠闲地跳跃着。路过的人，都说塘里没有鱼，老憨不信，与人争辩道:"水里没鱼,那糖卖给谁吃?"人们知道老憨脾气,再无人言语。

老憨仅靠一只脸盆,开始从池塘里往外泼水。从上午一直泼到太阳压上树梢,池水终于排出大半,水里露出腐朽的草根,仍不见鱼的踪影。老憨将水排净,希望草丛中淤泥里能有几条黑鱼或泥鳅,可直至将水排干,偌大水塘,居然没有一条鱼。精疲力竭的老憨,坐在塘边大哭起来。

乡下有俗语:"鲜鱼头上三尺火。"过完年,在村里蛰伏了一冬的孩子们,相约来到村北引黄灌溉闸。黄河大堤上,寒风料峭,草木皆枯,一派冬日景象。几天前,刚刚提闸放净闸北的积水,闸口附近,淤泥青紫,大片大片蜂窝状冰块,参差分布在淤泥上。

"有鱼!"不知是谁先喊起来。

"两条!""那里还有一条!"接着有人喊。

只见不远处冰块缝隙里,几条一尺来长的"红眼坠子"浑身是泥,泛着点点鳞光,看起来像是刚刚死去。看得出,人人都有去捡的冲动,却没人有足够勇气。这时我已经脱得精光,跳进泥里,手扶着冰块,踩着齐大腿根的紫泥,半走半爬,朝着那几条鱼跋涉。淤泥冰冷,腿有种被刀划的感觉,尤其大腿蹭到冰碴,皮肤撕裂般疼痛。我先是捡起近岸的几条,转身甩向岸去,又挣扎着走向远处，等到把五六条鱼全部捡完，手脚已经麻木。初春时节，冰面解冻，一条溪水，从坝壕流向闸口。爬上岸，急忙冲向那条溪流，跪进水里，反倒觉得水比淤泥温暖许多，匆匆撩水简单冲洗，没等把身上的泥完全洗净，赶紧上岸穿上棉衣棉裤，抱起几条鱼向家里冲去。

春天来了，最按捺不住"春心"的是小五月儿。他每天撺掇逮鱼之事："上星期，我去逮鱼了。盐窝屋子村后大沟里，一网子下去白花花都是鱼，一会儿逮了半桶。"说话时，小五月儿一脸神秘，一副一般人不告诉的样子。反复蛊惑之下，便有人按捺不住诱惑，扛起网子，提上夸张的装鱼家什，带着满腔希望上路。等来到那条大沟，心里却凉了半截。只见，沟里浮着一层薄冰，边沿冰面融化，一条尺余宽缝隙，可见水色微黄清澈，冰封一个冬季的水底，一层糟粕状沉积，没有任何被活物搅扰的痕迹。茫然之际，小五月儿脱掉衣服，端起网子冲进沟里，浮冰被冲破一片，浑水泛起，自然是一无所获。下一个周末，仍然会有几个孩子在小五月儿引领下，扛着网子，提起水桶，在塘边河岸游走，懵懂地守望渔期到来。

洗　澡

　　黄河口一带，没有游泳说法，孩子们水中玩耍，统称洗澡。游泳是城里人的说法，当地人称游泳为浮水，浮水有趴浮、甩浮、仰浮、站浮、耳浮等不同姿势。趴浮，即卧姿游泳，双手拨水，类似狗刨，双脚交替（或同时）举出水面、用力砸下，手脚同步，身体借势向前跃进，双脚砰砰作响（俗称"打砰砰"），动作夸张，似有浪遏飞舟之势，游进速度却不快。站浮，是站立泳姿，靠双脚斜向踩水，双手横向拨水，只见上身一耸一耸，侧身向前游动，像是浮在水里的不倒翁。自由泳称甩浮，因两手甩动得名；仰泳，称仰浮；耳浮，则是一种侧卧泳姿，一只耳朵贴住水面，得耳浮之名。所有动作均来自模仿，并无人教授，所以，农村孩子游泳没有规范。一些孩子，淹过两次，就学会了浮水，我就是这样一个例子。

　　邵家屋子村西南有一水库。有一年，天气大旱，饮用水奇缺。村里，在水库底部并排挖出几个土井，依靠土井渗水解决饮水问题。大雨来临，沟满壕平，土井淹没于水下，对于不习水性的人，它变成了陷阱。我初学游泳，只能靠狗刨游出几米远，便试图横渡水库里的深坑，几次尝试，顺利通过，甚是得意，正志得意满，再次横渡，没等游到浅水区便起身站立，踏空落入土井。慌乱之际，无法再次浮起，只好任由身体下沉。好在水没过头顶一尺余，脚便可踩到土井边沿。凭借本能，在水中乱跳，找到节奏后，居然能在露头之际进行呼吸，蹦跶、蹦跶、蹦跶……经过十几次跳跃，竟蹦到浅水区得以自救。

无师自通的学习，水感和水性尤为重要。水性差的孩子，被淹的时候就有不同表现，有的将手举过头顶乱抓，有的拍打自己的头。有一次，眼看着囤滑进水库深水里。起初，他拼命往身后扒水，将被淹没的时候，两手开始抓自己的头发。幸得余粮发现及时，一把抓住囤头顶上的头发，把他提到了岸上。

一些孩子，五六岁已经学会浮水；有的孩子，十几岁仍不会狗刨。疤眼儿大我三岁，就是水性差的一类，这并不影响他学习浮水的态度。每每别的孩子在深水区打闹、嬉戏，他便独自在岸边抓住一撮芦苇，趴在水里，摇摆着身体，进行"打砰砰"训练。有时候，让我陪同，在浅水里练习扎猛子。头钻到水里，身体折成九十度，屁股夸张地浮在水面，两脚轻轻倒腾，头离开水的时候，问我："身体沉下去了吗？"说话的时候，一只手食指、中指插入两个鼻孔，挂着满脸水珠儿，声音囔囔的，两只小眼睛认真地盯着我。

逮人玩，是洗澡时最常见的游戏。这种游戏通常两种玩法：一种玩法是，一对一互相追逐，当一方被捉住，并被摸到头顶，即为一局，此后，互换身份，再行追逐；另一种玩法更常见，将所有参与者分为两群，团队作战，相互追逐，将被追一方全部捉住，即为一局结束。这种游戏，游泳水平至关重要，机智灵活也很关键。逮人游戏，通常从引黄闸桥孔开始。被捉的人，事先攀上闸板的横梁，赤条条排成一溜，当对方开始往上攀爬，闸板上孩子纷纷跳入水中，一猛子扎到桥孔以外，开始互相追逐。我从闸板跳下后，潜于桥孔内，靠及膝的淤泥吸住身体不至上浮，待人们大呼小叫纷纷游走，才浮出水面，藏于桥墩隐蔽处。追击对象全部被捉，清点人数，才发现缺少一人。水域有限，全域搜索，极易搜到。一旦被搜出，再次展开围追堵截，多人对一人，终不能逃过被捉的结局。

逮人游戏中，疤眼儿是各方都不愿组合的对象。捉人时，他不敢进深水区，相当于己方少一人，以少对多，人数上便是劣势；被捉时，他为扬长避短，专往岸上跑，凭借两条长腿，无人能追得上，也就失去了玩水的乐趣。一次，疤眼儿信誓旦旦声称学会扎猛子了，才有人同意与他结伙，与我互为对手。游戏开始，他依旧往岸上跑，这次并没有跑太远，而是转身扑通一声跳进水里，我紧随其后，一头扎进水中，只觉得身下一人缩作一团，蹲在水底，坐以待毙，这个人就是疤眼儿。当他被捉起身时，只见两根手指仍然插在鼻孔里，另一只手里抱着一团泥，靠那团泥的重力才使他不至上浮水面。

　　黄泥上仰卧滑行是如鱼得水的享受。引黄闸以北，是直通黄河的引河。实施引黄灌溉，黄河水首先进入引河，经位于黄河大堤上的闸口，输送到灌溉区域。关闸后，引河内淤泥沉积，约半米。随着积水下降，红泥板结，就成了一条开阔狭长的滑道。仰卧其上，脚跟交替蹬踏身下红泥，身体便在泥上滑行。滑行时，只觉得红泥润若凝脂，身心轻如鸿毛，舒爽超然。尤其是，积水即将挥发殆尽，淤泥板结尚未开裂，适逢一场中雨，水深数指。这时候，红泥软硬适度，韧性易于脚跟发力，启动后，风驰电掣，水花飞溅，仰望蓝天白云，犹如驭风而行，鹤飞仙游。

　　大人的禁止，笼不住孩子们的野性，不少孩子还是偷偷到黄河里洗澡。年幼的孩子，一般喜欢跟着年长的孩子，却被年长者视作累赘。一天，小伟跟着秃小三儿等一群年长孩子去黄河洗澡。为避免出现危险，抓着一条很粗壮的芦根，时刻不敢松手。冷不丁，被秃小三儿一把抓住头发，提溜上岸。回家后，秃小三儿找到小伟娘表功，说小伟差点淹死，幸亏他发现及时出手相救。小伟娘千恩万谢，作为答谢之礼，给秃小三儿带上了十个鸡蛋。从此，小伟再不敢跟秃小三儿到黄河里洗澡。

蝎猴子从不跟大人行动，而是结伴或独自到黄河漂流，称作"坐拱子"。当年的黄河，不像如今这样宁静安详。涨水时，黄河无声无息，浑黄的洪水冲刷河岸，只见岸上大块黄土开裂着、倾斜着，尔后扑通扑通跌入黄河。河水下降时，河流中央会横向隆起条条水坝，水坝顶端，有时出现河水反流，哗哗作响，声震河谷，在一里以外的黄河大堤，便可听得真切，这是一种被称作"拱子"的奇观。蝎猴子等胆大的孩子，喜欢游至黄河中央，顺流而下，时而在激流里奋力游进，风驰电掣；时而吸足气，靠浮力让身体浮于水面，或仰或卧，在一条条水坝间跌宕起伏，感受奔腾与漂泊的乐趣。

"闻德能把坷垃扔过黄河对岸"，是小时候黄河枯水季流量最小的一个传说。枯水期的黄河独具魅力。一条窄窄河流，闲庭信步般游走在开阔河床上，河道里布满黄色沙岗。丰水期，河水走溜冲出沟子，沟子里积存着河水，沉淀后变得澄碧安静。汹涌暴戾的大河，变得温柔肃静，成为孩子们撒欢儿放野的怀抱。孩子们的情绪，恰如一条不断转折撞击堤岸的河流，欢野起来便不易控制。

远远看到，大根从黄河大堤方向走来。大根叫李明超，是村里的单身汉，脾气古怪，大根是其小名。晚辈对长辈直呼其名，被视作不敬，更是忌讳直呼小名。不知从什么时候开始，有人直呼大根，他便以"给你娘叫汉子吗"进行回击。孩子们不知"汉子"何意，便纷纷效仿，逗他取乐。后来，大根名字简化成了"根儿——"，发声尖锐，声高至远，更增加挑逗性。只见大根身背粪箕，手拿粪叉子走来。几个孩子急忙把裤衩从靠近岸边的一侧，抱至河心一侧沙岗上，以防把他惹恼，衣物被他用粪叉铲进粪箕背走。不等大根走近，便有孩子高声呼喊："根儿——根儿——"大根老远听到，回说："给你娘叫汉子吗？"气哼哼地朝这边走来。待他走近，几个孩子两人一组，双手扶着对方肩膀，在水里交替沉浮，每次露头一刻，便喊一声："根儿——"后来大根改变了用语言反击的方式，到处捡坷垃往水里扔，孩子们出没于水中，加之有段距离，一次都没能打中。后来，拿起粪叉子做出往水里投掷的姿势，不知是担心粪叉子有去无回，还是突然产生了伤人之虞，他手中的叉子没投出去。此刻，他突然变得不再生气，而是拿着粪叉子翩翩起舞，挑逗起水里的孩子们。水里的孩子们与之呼应，也舞蹈起来。

偷 瓜

我第一次写检查是因为偷瓜。记不清那时候我是上一年级还是二年级，反正从学写字我就开始学写检查了。

老家有句俚语："偷瓜摸枣不算偷。"小的时候偷瓜往往与游泳联系在一起。放养的孩子，入学像一只鸟被关进笼子，很不适应。尤其夏天，中午两三个小时，不想在家受大人管束，更不想被逼躺在桌凳上午睡。午饭后，以上学为名，匆匆溜出家门，直奔村边水塘，捉人、打滑哧溜、打泥水仗，往往正在撒欢儿，上课的预备铃声响起，嬉戏戛然而止，各自奔波上岸。立刻到校，湿漉漉的身体和头发，会暴露游泳的秘密，必然招致老师惩戒。每到这时，看着大人们油腻的身体，水珠骨碌碌往下滚，既神奇又羡慕，恼恨不能像他们那样。为尽快晾干身体，一个个精光赤条，嘴里一边喊着："光光凉凉，打铁匠。"一边在岸上不停跳跃，双手把屁股拍得啪啪作响。不等身体和头发晾干，急忙穿上裤衩，向学校飞奔而去。

上课之前冲进教室，老师随后进来开始上课，一般都平安无事。但是，如果恰逢上午惹老师不快，或其他同学告密，老师就会展开"破案"工作。其实，查明下河游泳很简单，看谁头发直立，身上、脸上锃亮，像涂了透明清漆，无一丝潮润，一眼便知。老师却不会直接揭穿，而是故作神秘，把游泳的学生叫到身边，用指甲在赤裸的上身轻轻一划，如若出现一条清晰的白色划痕，案情便真相大白，无可抵赖。轻则在课堂上点名批评，重则集体上台亮相罚站，以儆效尤。

有一天，游泳结束，时间尚早，一伙人来到附近一处菜园的瓜地。瓜地里，瓜果大的如核桃、手指，小的顶花带绒，因为有常识的人不会偷食，所以看瓜大爷可以坦然酣睡。此时，孩子们长驱直入，不管大瓜小瓜，一阵通吃，吃完扬长而去。回学校前，不仅提出了"封口"要求，还统一口径，探讨了一番攻守同盟。小孩子终究嘴浅，不知是谁在外面吹嘘，走漏了口风。

第二天，老师第一个"提审"我。这次老师的做法更像"破案"，也让我领教了老师的高明。

老师问我："昨天中午干什么了？"

听了老师的问话，我脑子顿时嗡的一声。稍一定神，故作镇静地回答："在家睡觉了。"。

又问："没游泳？"老师这话尾音突然上挑，带着生气的质问。

答："没有。"

再问："张贞科游泳了吗？"

答："不知道。"

"张贞科偷瓜了吗?"老师声音变得高起来。

答:"不知道。"我把头转向一边。

老师啪地一拍桌子:"你呢,偷了没有?"

"没有。"我的紧张情绪被啪的一声震碎,很干脆地回答。

"好吧,进里屋吧!"老师很生气地说。

我来到老师办公室的里屋,听着外面的动静。这时,外屋又进来一个人,来人因紧张干咳了一声。这个人是大狗,大狗遇事喜欢干咳。

"说说你昨天偷瓜的事吧。"老师这次没拐弯抹角。

"没——没——没——没有啊。"大狗有点结巴,一紧张更说不出话了。

"你是从犯,受人蒙蔽,不要为别人掩盖了。"老师的话明显温和得多,但听起来很深奥。在我想象中,公安局的人说话应当是这样。

"快说出来吧,刘庆祥已经承认了,正在里面写检查呢。"这话把我气蒙了,我攥紧双拳,泪水从眼里流出来。接着听到了大狗的哭声,开始边哭边说,后来哭得再也说不下去,只有不停抽泣,声音里透着被蒙蔽唆使的冤屈。

完了,真相大白!

随着一个个被"提审",预先订立的攻守同盟,在老师的"套路"面前，摧枯拉朽般坍塌，最后要求一律写检查。一二年级学生，写检查无疑是十分困难的。根据老师提示，形成了一篇叉、圈、图画贯穿着几十个字的检查。通过"看图识字"和前面交代印证，都是相互指证揭发的内容。老师在课堂上对大狗用了"承认错误慷慨"这样的高级词，其他人只给予"没有深挖思想根源"的笼统评价，对我的批评最为严厉，百般狡辩、掩盖事实、企图蒙混过关云云，听来十分新鲜，我还第一次听到了"惩前毖后，治病救人"的说法。

村北三里既是黄河，河的对岸就是利津县，我平生第一次离开县域就是因偷瓜。黄河两岸肥沃的沙质土地，利于瓜果生长，因此，黄河滩区散落着片片的瓜园。夏日，瓜熟了，芳香遍野，到处弥漫着对孩子们的诱惑。这个季节，正值黄河枯水期，汹涌暴戾的大河，千米河道，有时会变成一百来米。河边长大的孩子，大多水性好，游泳过河不在话下，水成了孩子们偷瓜戏耍的道具。他们舍近求远选择对岸目标自有道理。其一，对岸不在一个县级区划，消息传不到学校；其二，河谷掩护，不易被发现，容易达成目的；其三，如果被发现追赶，即可跳河逃窜，追者不可能下河捉人。

起初，行动十分谨慎。把裤衩放到岸边，悄悄游到对岸，凭借河谷的掩护，偷偷摸上岸，风一样冲进瓜地，没等看瓜园的老头儿反应过来，已经怀抱胜利果实冲进河里，游回南岸。由于这种方式屡试不爽，一些孩子胆子越来越大，变得肆无忌惮。有的在瓜园里像是逛商店挑商品，时而拍拍闻闻，时而敲敲弹弹，看到成熟的，才摘下来抱在怀里，有的甚至一边摘一边吃，等老头儿追来，才不紧不慢地跑，即将被抓到的时候，一头扎进河里。有时候，站在河里不走，喊"来呀，来呀，来抓呀！"挑逗老头儿。老头儿也不生气，随手捡起一块坷垃，向孩子们做出投掷的姿势，笑着转身回去。

分享偷来的果实是孩子们的狂欢。他们先是尽全力把瓜果扔到水塘远端，由一人发出号令，大家开始争抢。孩子们奋力扑向水中，只见一个个赤条条身影在水面上下翻飞，水花飞溅，水塘上空飘着鼎沸般喧闹，品质最好的瓜果，往往都成了游速快者的战利品。

事不过三，果然，第四次的时候我们栽了。当爬上河岸，园子里一点动静都没有。一个个大模大样开始"作业"。这时，突然从园屋子里窜出一条大狼狗，舌头耷拉出半尺长，颤巍巍的身形，不紧不慢跑着。随后，看瓜园的老头儿和那条狗一样，不紧不慢跟出来。他身形健硕，赤脚裸背，只穿一条裤衩，手里拿一根两三米长的棍子。孩子们看到这阵势，转身就跑。那狼狗训练有素，不朝人群方向跑，而是斜刺里包抄了我们的后路，你不跑它不追，谁跑它咬谁。七八个孩子，一丝不挂站在原地，你看看我，我看看你，谁也不敢跑一步，像一群羊被老头儿圈了回去。老头儿不打不骂，早准备好两支铅笔和几张纸，放在瓜棚下的桌子上，要求轮流写检查。

在别人写检查的当口，老头儿开始一个个审讯。审讯前，老头儿在每个人背上编了号，开始问话："你叫什么名字？你爹叫什么名字？正在写检查的叫什么名字？"诸如此类，问一大堆名字，老头儿一一用笔记下。起初，个个自作聪明，或报假名，或报与自己有过节的同学名字，或编造出子虚乌有的名字。审过一遍，第二遍还问同样的问题，问得个个不能自圆其说，只好如实招供。写完检查，已经两个小时过去。回到河边，准备游回对岸时，发现河水变得十分浑浊，原来一百来米宽的黄河，已经变成二三百米宽。涨水了！大家急忙扑通扑通往河里跳，个别水性差些的也壮着胆子跟着跳下去，在开阔的水面上，摇摇摆摆像几只小鸭子游走了。个子最高，水性最差的大孩儿犹豫着不敢往下跳。我先下到河里，一边往前走，一边告诉他水流不急，不用怕，鼓励他大胆下河。大孩儿战战兢兢往前走了几步，又退回岸上。他哭了，哭着返回瓜园，我默默跟着他。

老头儿看到我们回来，带着威胁又有点调侃的口吻说：

"怎么回来了？是不是想让我把你们送到公安局啊？"当听到大孩儿想和他借裤衩，到上游去乘船过河时笑了。"裤衩？你穿走了，我穿啥？屋后有蓖麻叶，我给你找条绳子，把小鸡包起来，快走吧！"说着，从屋子里找出一条细麻绳，递到大孩儿手里。大孩儿还想央求，看看老头浑身上下只有一条裤衩，只好作罢，边哭，边悻悻地朝上游渡口走去。

看着大孩儿赤条条远去的身影，很想陪他一起去乘船，终没有裸身乘船的勇气。再看正在上涨的河水，已经有些胆怯，硬着头皮跳下河，只身游回对岸。

年龄稍大之后，家里人口多，一家人睡一个炕有诸多不便。夏天，暑热难当，男男女女赤身露体也显不雅，孩子们开始与家人分睡。离家的孩子，以学习为名，找一家闲置的房子集中蜗居，这里就成了偷瓜的窝巢。

小学高年级到初中，尤其是进入初中，离开本村上学，两头信息不畅，犯错误也不容易传到学校，就少了写检查的压力，偷瓜之风愈加猖獗。

"风里马虎雨里贼"，马虎是什么动物无人确知，记得小时候，大人经常以"哭会引来马虎"或"马虎来了"吓唬孩子。偷瓜最好的天气是雨天。一则，下雨天雨声嘈杂，掩盖动静，不容易被发现，也容易逃脱；二则，雨天好睡觉，看瓜人一般不会冒雨巡视瓜园，容易得手。月明地儿是偷瓜最忌讳的。

十来岁以前，偷瓜一般都一丝不挂，稍大些以后，就只穿一条裤衩。光腚有个好处，泥鳅似的不容易被抓到，如果被抓，至多也就在屁股踢两脚，不至于发生扒走衣服或者被追跑掉鞋子的教训。生活物资短缺年代，丢掉一件裤衩或鞋子，轻则会受到大人责罚，重则要受皮肉之苦。

有一天，一觉醒来，窗外没有一丝月光，内心一阵欣喜，推醒伙伴，轻手轻脚摸出门，连家里的狗都没叫一声。几个赤条条的小孩子，被包裹进黑暗里。

这次行动非常顺利，收获颇丰，可喜的是，大牛摸到一个"插草"的大西瓜。插草，是看园人所做标记。一般是整个园子个头儿最大、成熟最早、计划留作种子的优良品种，插草只为防止不知情者误摘。孩子们不管这些，摸到自是喜出望外。得手后，人们抱着战利品，一阵猫腰疾跑冲入一片高粱地。大牛一拳把大西瓜打成几块，自己捡一块大的，其余分与大家，坐在地上大吃起来。吃完大的吃小的，小西瓜一拳分成两半，伸手掏出瓜瓤，吞而食之。用拳头砸不开的，即生涩不可食用，奋力抛至远处。一阵风卷残云之后，个个泥猴似的躺在地上，抚摸着自己大大的肚皮，眯起眼睛，享受陶醉时刻。

吱咛吱,咛吱咛,水桶声响起,把孩子们从陶醉中惊醒。村里早起挑水的人已经出门,天空开始放亮。黎明前的黑暗,正像扒掉一件衣服般迅速消退,"夜衣"再包裹不住赤条条的身体。偷瓜这样见不得人的事,即将被暴露在光天化日之下。当年,裸奔还不被视作时尚,怎么办呢?最后想出一个拙劣办法,排成一列,装作早起跑步返回。可是,哪有早起光腚跑步的呢?确无良策可施,一干人只好依计行事,一字排开钻出高粱地,看到路上行人不多,即刻乱了阵型,像一群见到老鹰的鸭子,狂奔归巢。

"偷瓜摸枣不算偷。"如今在乡下已无此说法,归根结底当属生存法则下的时代产物。在当初,它既不同于孔乙己"读书人窃书不算偷",也别于"偷鸡摸狗",从没被上升到刑律乃至道德高度。杜甫诗中也能找到宽容的先例。"堂前扑枣任西邻,无食无儿一妇人。不为困穷宁有此,只缘恐惧转须亲。即防远客虽多事,使插疏篱却甚真。已诉征求贫到骨,正思戎马泪盈巾。"记载了杜甫寓居成都草堂,即将离开,看到获赠园子的亲戚在枣园扎起了篱笆,便嘱托亲戚,应当多体恤西邻孤寡老太,任由她打枣吃的故事。

诗中最后两句,交代了社会背景:老太被官府征租逼税,已经一贫如洗,想起时局兵荒马乱,不禁涕泪满巾。

反映出安史之乱后，大唐由盛转衰的境况，也看到了这句乡野俚语产生的缘由和深意，那就是贫困。偷瓜摸枣"劣俗"，比之"不食嗟来之食"的儒士风范，虽属离经叛道，在民间乡野却通行千年，道出了"民"与士大夫的天然差异，诠释了"王者以民为天，而民以食为天"的王道。换言之，民无食果腹，则水不载舟，王权可危。由此，为偷瓜摸枣找出了些许道理。

开 仗

女儿小时候,经常骑在我身上找脸上的疤。

"爸爸,你脸上有块疤。"接着又惊奇地说,"哎呀!还有一块。"

"爸爸脸上怎么那么多疤?"女儿又开始一连串发问。

"都是小时候开仗留下的。"

"爸爸,什么是开仗?"

"开仗就是爸爸小时候玩的野蛮游戏。"我不知道怎么准确表达小时候这种行为。

"为什么要开仗?"

……

我脸上的确有不少疤,它们承载着很多小时候的记忆。弯曲的街道,逼仄的小巷,低矮的土屋、饭棚,还有猪圈。一圈薄帐子围成园子,种着蔬菜瓜果,还有晨雾与炊烟,都定格脑海,散发出时光的陈香。

除了饥饿,儿时的记忆清单里没有痛苦。他们在街巷里飞奔着、呼喊着、相互追逐着,纷乱与嘈杂依然回响在耳际。晚上,孩子们玩的是一种开仗游戏。伴随着孩子们阵阵喊杀,空中坷垃乱若飞蝗。被击中时,头上轻则一个大包,重则头破血流。农村孩子以这种方式释放着野性赋予的快乐。

我老家历史很浅,浅到距离我记忆源头不过三十年。日本人占领东北三省的第三个年头,黄河吞噬了下游一个叫左家庄的村子。在黄河入海处的滩涂,一个男子,出现在遍布沼泽的处女地,他赤裸上身,赶着一头耕牛在这里播种。随着他的到来,这里出现了一座土丘似的居所,从那年开始,这里有了一个以他名字命名的地方——张怀荣屋子(后改名为邵家屋子)。

十年之后,这片荒野的宁静被打破。日本鬼子发动的二十一天大扫荡,一户农家的三个秫秸堆被点燃两个,在没点燃的秫秸堆里,一名降生不久的男婴,在娘怀里躲过一劫。因出生时恰逢闹鬼子,男婴取名大闹儿。此后数十年,陆续聚居的人们,在这片荒野上繁衍出一个五六百口人的村庄。

记忆里,村西的一条战壕,贯穿村子南北两条河沟,是战争刻画在那片荒野上的印记。直到上世纪六七十年代,社会风尚和乡俗文化里,依然丝丝缕缕漂浮着战争硝烟的气息。孩子们结伙打斗攻伐的习惯,恰似原野上忽来忽去的风,在旷野上飘荡。

我脸上那些疤痕中,最大的一块与开仗无关,是孩子放养时代留下的标记。它位于左眼眉弓内侧,大约一厘米多长,潜伏在眉毛里。这些疤的来历,我只记得两处,位于眉弓这一块，是大概两岁时候留下的。

有一天，跟着四哥到村北河沟看人逮鱼。路过一片收割过的高粱地，镰刀削过的高粱，茬子刀子似的朝天立着。我磕磕绊绊跟四哥走着，匆忙间被高粱茬绊倒，被前面尖锐的高粱茬扎在脸上，顿时血流满脸。五六岁的四哥，为避免看管不力招致父母责罚，选择自行处置。他把我扶起，领到一处沙坑，让我闭眼躺下，抓一把沙土捂住伤口。待止住血，把手里的竹篮子扣在我头上，遮住毒辣的太阳，又把我的小手捂在他两手中间，摩挲抚慰一番，很快抚平伤痛，我止住哭泣，又跟着他继续去看逮鱼。

半天过去，兄弟俩早把受伤的事忘了，像什么也不曾发生，高高兴兴回到家。那次受伤，伤及何处，脑子里没有清晰记忆。只因数年间，眉弓处一直像俯卧着一条小小蚯蚓，经常被人问及。记得时常听到大人说："如果扎到眼上……"尔后发出啧啧慨叹。几年后，疤痕的颜色越来越淡，隐退进眉毛，以至于自己都快把它忘了。现在想来，如果当时眼睛被扎瞎，村里又多一个叫"小独眼龙"的男孩儿。

邻村有一个独眼龙，是不要命的主儿。他大我十来岁，本名叫会来，是臭蛋儿的小舅。他的一只眼是与邻村孩子开仗时，被自制弓箭射瞎的。从那以后，他性情变得乖张暴戾，身边聚拢一群孩子，在村里寻衅滋事，没事专找邻村年龄相仿的孩子开仗。研制土地雷，自制弓箭，开仗时，他打了鸡血一般，不顾生死往前冲，人见人怕。只要有人喊："独眼龙来了！"敌方孩子们就会望风而逃。

邵家屋子是个五六百口人的小村，与周围村庄开仗时经常处于劣势，然而，在黑人儿的带领下，却是一个最难征服的村子。独眼龙所在村庄，两千人口，不仅人多势众，又有被人称为"狗食货"的独眼龙带领，在周围村庄没有敌手。

战场，一般设在村西一片开阔地。这里地处几个村庄交界处，是孩子们割草剜菜的必经之地。平日里，村里辍学的孩子，或提上篮子，或背上绳子，到此为自己家的牲畜打捞"口粮"。独眼龙把这里视作自己的领地，他像一头野兽，经常在此出没梭巡。每当在割草剜菜中相遇，只要看谁不顺眼，就叫到身边进行教训，驯服便罢，言语稍有不合，就拳脚相加。如果高兴，就逼别人与自己玩"打草靶"游戏。每人将自己割来的草，扎成相同大小的草靶，立于前方六七米处，轮流用自己的镰刀投向草靶，击倒者归自己所有。独眼龙手持一把长柄镰刀，投出去带出风声，急速旋转着飞向草靶，击中者无不应声而倒，有时还能做到一击两中，镰刀锋利的刀尖大都能扎进草靶内。往往几个回合下来，他便可满载而归，这对于其他游戏者来讲已属幸运。如果接到他的"战书"，只好充当他演习的"蓝军"，必将被他打得狼狈鼠窜，落荒而逃，直到他尽兴鸣金收兵，演习方可结束，其他孩子才能去割草剜菜。

一天，邵家屋子与独眼龙村庄两群孩子在这里不期而遇，没经约战接上了火，结果可想而知。邵家屋子的孩子，在黑人儿带领下，进行了奋力抵抗，终因寡不敌众，败下阵来。激烈抵抗，让孤独求败的独眼龙兴奋异常，志得意满，就此班师回朝，尚觉意犹未尽。突发奇想，要在一户独居村外的人家召开"军事会议"。为彰显仪式感和严肃性，会场选在农家院内，正房与偏房之间一处三面合围的胡同里。不承想，吃了败仗的一方，从附近一座破砖窑，一人捡了半篮子碎砖，尾随而至。独眼龙正在夸夸其谈，砖头雨点般从天而降，惊愕之际，已经被砸得头破血流。偷袭成功一方，并没有跑得太远，而是在不远处等待验证战斗成果。远远望去，只见独眼龙满脸是血，头上雪白，哇哇乱叫。农家男主人正一手端一瓢面粉，一手将一把面粉捂在他头上，为他疗伤止血。

从此，邵家屋子的孩子们放弃了在那片草场割草剜菜的权利，再没有涉足那片"战场"。

战争创伤要比肉体愈合得慢。直到上世纪中后期，炮火的余音依然黄钟大吕般撞击着人们的灵魂。

在毛主席"深挖洞，广积粮，不称霸""备战、备荒为人民"号召下，农村的学校和大队部，张贴着防生化武器和原子弹知识挂图。民兵连部存放着武器和子弹。一些民兵把枪支带到田间地头，劳动间隙组织军事训练。生产和训练结束，有时把武器带回家存放。夜里，不时会以假设敌情组织民兵拉动演练。

有一个时期，村村户户开挖地道，防原子弹袭击。黄河口沿海滩涂，地下水位高，地质松软易坍塌，就挖成一人多深的壕沟，内壁掏出一个个耳洞。那些壕沟最终成为孩子们开仗、捉迷藏的道具。后来，因有些孩子在里面拉屎撒尿，地道终被遗弃。夏季来临，壕沟被雨水灌满，坍塌废毁，逐渐淡出视线，消失在人们记忆里。

除了饥饿，什么都湮没不了孩子们的快乐，在孩子的世界里，一切都是游戏。

校园里，孩子们开口闭口都是战争电影里的台词。"高家庄，实在是高！""我胡汉三又回来了！"等等，学着电影里的声音，撇腔拉调。放屁不叫放屁，叫"丢了化学武器"。一天，一个年龄大的同学说："我丢了一个化学武器，有谁捡到了？"年龄小的同学自作聪明，主动上前：

"我捡了一个,圆溜溜的,这么大。"一边用手比画一边说,引来同学们一阵哄笑。

课间钟声响起,校园里立刻成为喧嚣的海洋,喊杀之声充斥校园。孩子们蹦跳打闹,一些贪玩的孩子,直到上课铃声响起,冲进课堂才记起没顾上解手。一次,刚刚上课,钢蛋儿提出要上厕所,老师有些生气地说:"等会儿!"不一会儿,前排的同学看到一条溪流从脚下流过,顺流而上,小溪的尽头是钢蛋儿尿湿的鞋子。

孩子们当中,如果谁有一把木头手枪别在腰间,便可仰头晃膀,走起路来一副指挥官的气派。有一杆红缨枪、一把木头大刀或一条齐眉木棍,都会令玩伴羡慕不已。

稍大些的孩子,流行自制"洋火(火柴)枪"。洋火枪做法不复杂:用铁丝捯制或用木头雕刻出枪形,拆解自行车链条,取七八节排列前端,使两排轴孔对正,下排轴孔用硬铁条贯穿固定,上方一排是撞针通道,前端撞针撞击部位轴孔上,铆定一枚自行车辐条帽,撞针靠皮筋拉力撞击辐条帽内的火柴头,枪响火柴杆儿射出。第二代洋火枪,则将最前端一节链条与步枪弹壳,用辐条帽铆合在一起。将火柴头易燃物刮下,填充于辐条帽内,使之变成击发引信。弹壳内填充鞭炮火药,再将弹头塞进弹壳,射击时声音更加震撼,射程可达十余米。

大蛋的叔叔为他制作了一把洋火枪,木头手柄经过精雕细琢，造型精致独特。平日里大蛋爱不释手，据说睡觉都要放在被窝里，课堂上也经常拿出来摆弄。一天，老师正在讲课，大蛋低头在桌子下摆弄自己的爱枪。扳机不灵是大蛋最近的心事。他用铅笔尖摩擦相关部件，使之润滑，一不小心，撞针自动滑脱，砰的一声，大蛋的枪走火了。正在专注讲课的老师，可能平时战争的弦绷得太紧，立马钻到了讲台下面，孩子们见状，纷纷效仿往桌子下面钻，课堂里顿时鸦雀无声。只有大蛋笔直坐着，呆若木鸡。一阵静默之后，首先是大蛋身边的同学，尔后是全班同学，相互张望着从桌子底下钻出来。有的同学慌乱之际，头碰在了桌子上，磕起一个大包，手一直捂着头在揉。

大蛋的洋火枪被没收，为此大蛋哭了好几天。

我脸上另一处伤疤，恰好在额头上方发际线处。那次受伤，我有清楚的记忆，它来自村子两头孩子开仗。这是脸上多处伤疤中唯一有记忆的一次。

空阔寂寥的环境，涵养着孩子们的野性，使战争的阴影一直在那里延续多年。

孩子们开仗，不因仇恨，也不为利害纠葛。在学校还勾肩搭背，放学后就各为其主，成了敌我双方，约战厮杀。

年幼者的战场设在村内。村子东西两头，各组成一个集团。村西，是第三生产队的孩子，富于团结协作，个个作战勇猛；村东，是第一、二生产队的孩子，由村支书的孩子卫东带领。村支书的丈夫，是位参加过抗日战争的伤残军人，有很强的战备观念，经常为学生们讲战斗故事，组织忆苦思甜教育。古老的"藏瞎摸儿（捉迷藏）"游戏，在老伤残军人训导下，邵家屋子的孩子都称作"捉特务"。

也许是受到父亲的熏陶，村东头的孩子在卫东带领下，和平不忘战备，每天晚饭后，卫东都会扎上父亲从部队带回来的外腰带，腰里别着一把木头手枪，来到村子中心开阔地，准时进行军事训练。立正、稍息、齐步走、跑步走、卧倒、匍匐前进，训练组织有模有样。喊口号训练更是一丝不苟，"到""是""1、2、3、4——"，先单兵练习，尔后合练，孩子们一个个比着吊嗓门儿，直喊到声嘶力竭，合练自然颇有声势。开仗游戏，是卫东演练战法的实验场，迂回包抄，诱敌深入，总有花样百出。只是一旦交火，他的队伍士气全无，只记得三十六计"走为上"之精要，溜之大吉。

每次开仗，村西的孩子，镇守引黄灌溉留下的一道堤坝。在各个街口敌方进攻的通道上，准备充足"弹药"，阻击东头孩子的进攻。

黄河口一带农村，除了盖屋砌圈用砖，再无他处可以寻。如果偶有碎砖，早被精于算计者捡走，成为新建房屋打基础"填槽子"的原料。全村房屋，一水儿泥拌麦糠涂墙糊顶，上无片瓦。开仗使用"弹药"，都是脱坯、打墙、扒屋、拆圈残余，再就是红泥黏结起的土块，极少砖头，更无瓦块，通常开仗无开瓢破头之忧。偶尔也会有头破血流事件发生，必有狡黠奸诈者，借着夜色，偷偷投掷砖头陶片等硬物。这样的行为，一旦被发现，必将被视作阴险者，排斥出战斗序列。

一天晚上，双方约定开仗。开战伊始，首先村东发起进攻，进入射程之内，双方交火，相互投掷土块，一时间空中坷垃乱如灾蝗。杀至兴起，村西的孩子们个个撩起衣服，兜起坷垃，像无畏的勇士迎着"弹雨"，一边投掷，一边阔步向前，在一片喊杀声中发起反攻。恰在这时，我头上被一硬物击中。顿感微微眩晕。"为我报仇！"我脱口而出。"报仇"之声随之四起。在我带领下，村西的孩子们发起冲锋，村东的孩子们在节节败退中遁入小巷，村西孩子全胜收兵。

带着胜利的亢奋来到囤家，已满身是汗。从缸里舀起半瓢冷水咕咚咚咚喝起来。借着煤油灯光，囤他娘看我半天，惊讶地问："你脸上咋了？"我以为脸上是汗，抬手擦了一把，发现满手是血，才知道刚才头被打破，血流满面，这才害怕起来。害怕的不是破相或伤情后果，而是意识到自己作大了。怕被父母赶出门外，不让回家睡觉，或父母在盛怒之下，再打我一顿。思之再三，我赖在囤家不走。囤他爹看出了我的心思，要把我送回家，我才同意离开。他一手牵着我，我的另一只手捂着头，推推搡搡来到家，这时衣袖已经被鲜血浸湿一片。父母从来不当着别人面教训孩子，看到这种情形，一边让座倒茶，一边询问情况。我装出一脸无辜样子，一声不响靠在炕沿儿上。囤他爹劝解父母道："让别人打破头，就别为难孩子了。"母亲白我一眼说："自家的孩子自家知道，没打伤别家的孩子就好。"囤他爹离开后，虽遭到母亲严厉训斥，终算避免了被赶出家的严重后果。

华年易逝，时光不老。喧嚣，已经在时光河流里飘逝。战争与杀戮遁入虚拟世界，为人们残存的野性隔靴搔痒。记得听老人说："孩子们舞枪弄棒预示年景不太平。"儿时，浅弱的理解力无法想明白，舞枪弄棒与年景不太平怎么能扯上关系。今天思量，才体悟到此话深意。

回顾历史，人类文明都是在野蛮的不断戕虐中涅槃重生得以发展的。印度与西方学者研究发现，在人类五千年历史上，可以安享太平的日子仅有三百年左右。可见，人的一生没有战火涂炭已属非常幸运，愿战争永逝，社会永宁。

《司马法》曰："国虽大，好战必亡；天下虽平，忘战必危。"

过年记忆

我睁开眼,屋里还一片昏暗,毛头纸糊过的窗户透进微弱的光亮。跟我同住的四哥,正揪着我的耳朵唤醒我。

一

"再有五十天过年了。"四哥凑到我耳边轻声说。听得出一种压抑不住的激动,这是我最早关于过年的记忆。

过年无疑是极有诱惑力的,它顿时融化了惊扰梦境的恼怒。从这一天开始,我也经常早醒,醒来弟兄俩谈论最多的是过年话题。吃饺子、放鞭炮、穿新衣,这些期盼为漫长冬日带来温暖。"再有多少天过年",在两个人掐指算计中,从指尖溜来溜去,日子变得平滑安顺,兄弟俩化干戈为玉帛,放弃平日争端,相互说话的语气柔软起来,即使有分歧也能消弭在萌芽之中。过年吃什么好东西自然是讨论的主要话题。有一天,我问四哥:"你说皇帝都吃什么好东西呢?"他煞有介事地陷入思考,沉思半天说:"皇帝……皇帝肯定得整天吃果子(油条)蘸香油啊!"虽然这种说法不知从哪里听来,但还是让我佩服得五体投地。在我看来,四哥无所不知。

想象中,一排排白花花的饺子正在走来。它好像看懂了你的心思,在你急切等待的时候,它们又停在了原地,冬天的日子因此拉长。食管变得瘦弱纤细,高粱、玉米、地瓜干饼子窝头,粗粝纤维来到食道,像穿着破烂的食客进五星酒店,必然受到一番盘查,糠菜之类更是直接被拒之门外。冬天剩余的日子,只能依靠胡萝卜、地瓜黏粥充饥,天天"水饱儿",年关脚下的农家孩子个个消瘦。

过家家游戏,在黄河口一带被孩子们称作"过年儿"。贫寒的日子,在游戏中通过孩子们的想象,被木棍、作物秸秆、蓖麻叶子等道具和画出的房子装点得丰富多彩。一家人的生活,被孩子们演绎得父子相亲、婆媳和睦,生孩子,坐月子,和谐美满,鲜活生动。"过年儿",一个"年"字,饱含了孩子们的期盼,为游戏平添了温暖的意蕴。

二

"小孩小孩你别馋,过了腊八就是年。腊八粥喝几天,呼呼啦啦二十三。"童谣声中,年终于要来了。

腊月二十三,俗称小年儿,是灶王爷上天庭汇报工作的日子。一颗糖瓜儿,标记着那个日子的记忆。用糖瓜儿祭祀灶神来历久远,糖瓜儿的功用,在民间传说中有两种:一种是,灶王吃下甜蜜的糖瓜儿,能在天庭吐露出甜言蜜语，美言世事；另一种是，用糖瓜儿的黏甜堵住灶王的嘴，使他不得开口说坏话。不管是让他美言，还是对他"封口儿"，贿赂小神的习俗，让博大精深的文化把"礼"与神联系在一起。灶王爷这位因饥寒而死，受到玉皇大帝垂青的善良人，也不得不食下人间烟火，沾染上世俗铜臭。

　　腊月二十四大扫除。在记忆里，这一天总是晴空朗日。早饭后，将十口人吃饭的八印大锅添满水，用柴火烧热。母亲把炕单、枕头护布、被头布等一一扯下，需要拆洗重新缝制的衣服，与一家人的换洗衣物一起，堆满一地。被褥在炕上堆起，蒙上即将清洗的单子，家里仅有的几件家具搬出室外，本来的贫寒之家，顿时变得空空荡荡。很少做家务的父亲，把扫地的笤帚绑在竹竿上，拉开大干一场的架势到处挥舞，屋顶、墙面以及角角落落，戳、点、挑、抹，像一个武术大师，清扫房间里的灰尘。母亲清洗衣物则显得有条不紊。她与姐姐摆开两个大缸盆，撸起袖子，母亲洗头遍，姐姐洗二遍，洗、涮、拧、晾，流水作业，配合默契，衣物很快挂满院子，继而冻得煎饼一样坚硬。数九寒天，母女俩身上不带一丝寒意。一番热火朝天，使一年一度的扫除有一种隆重盛大的气氛。

　　"梆——梆——梆——"街巷里传来豆腐梆子的声音。一个熟悉的身影从远处走来。他推着独轮车，车子两侧一边一块豆腐，车子手柄上的车襻挂在脖颈上，边走边敲打着梆子，独轮车不用手扶便可平稳前行。长期走街串巷，使他与村里人大多相熟，有时会停下脚步与人攀谈两句，有时干脆把车子停下，在老主顾家门口不紧不慢敲打着梆子，提醒对方"该买豆腐了"，直到对方有人回应。他身后跟着一群蝴蝶般轻快的孩子，一边跑跳，一边喊："梆当梆，卖豆腐，卖到大娘屋后头，大娘哎，开门儿啊，猴子咬着腚锤儿啦。"类似这样的俚语民谣在乡下有很多，不知已经传诵了多少年，也没人考究它的叙事逻辑，只是任由它在孩子们嘴边溜来溜去。卖豆腐的人也不气恼，只是笑着说："去去，一边玩儿去！"孩子们又麻雀般一哄而散。

三

饥寒使人性里的悲悯之心最先凋敝，猪的惨叫最能刺激孩子们兴奋的神经，杀猪总会引得村里孩子们蜂拥而至。在村里，杀猪算得上是门手艺，也是一项比较实惠的活。杀完猪，除了猪的鬃毛归杀猪匠，能换块儿八毛钱，通常还会获赏两斤猪肉。年前，杀猪的多，忙活一阵子，所得报酬可偿过年大半开销，这在困难家庭已经相当可观。然而，杀猪匠手艺在乡下仍属冷门，少有竞争者。乡村私下有一种传言，杀猪匠临终往往难咽最后一口气，每当这时，只要把杀猪刀丢在枕前炕沿下，他便会安然离世。这种说法，虽然没人探究，想必与氤氲民间千年的禅机佛理不无关系。

村里的杀猪匠，是个敦实健壮的汉子，手艺精湛，走起路来上身夸张地左右摇晃。黑红脸膛上挂着干巴巴的笑容，两眼眯成一条线，皱纹从眉眼四周绽放开去，看起来有些古怪。

抓猪和捆绑这样的事，一般不用他亲自动手，由身手敏捷健壮的年轻人来完成，这些人天生是杀猪匠的苗子。家养的猪憨傻温顺，挠挠肚皮，就会自己躺下，将后腿抬起；挠它腋下，就会抬起前腿，发出陶醉的鼾声。只要猪不受惊吓，抓猪对年轻人来说轻而易举。先由一个人进圈，用绳子轻轻拴猪的一条后腿，再套住它另一条腿，迅速用力将猪两条后腿勒紧固定，瞬间，猪的反抗能力下降大半。几个待命的小伙子跳进猪圈，抓腿、拽耳、摁头，将猪捆绑抬出圈外，放上备好的长条凳或案板。此时，杀猪匠扔掉嘴里的香烟，提着锋利的刀子不紧不慢走上前来，对准猪的脖颈末端、两条前腿正中，用力扎去，直到鲜血涌出，确认猪的心脏刺破后，杀猪刀方才抽出。猪在垂死挣扎嘶叫中将血流尽。

"吹猪"，在孩子们看来是精彩的一幕。待猪完全停止了挣扎，杀猪匠在猪的后腿内侧切开一小口，用一米多长的钢筋通条直插猪的腹腔,通条抽出后,形成一条直通体内的气孔。杀猪匠嘴对小孔开始"吹猪",动作很像电视里表演的吹轮胎。只见杀猪匠弯腰弓背,双腿一屈一伸间,身体随之一起一伏,嘴边咝咝作响,刹那间猪被吹得鼓胀如气球,尔后迅速将气孔扎住,动作迅捷,一气呵成。

随后,将猪移至一口大锅旁,锅里早已烧好开水,将猪放入,辗转煮烫,撩水均匀冲刷,直至毛发容易脱落,将猪抬上案板。只见杀猪匠噌噌将猪鬃从脊背上撕下,用纸包好,随之操起刮毛工具,拉开架式,在猪身上前推后拉,刮过处,表层皮毛尽失,呈现一片雪白。一番操作后,一头活生生的大黑猪,变得赤裸裸、白花花,光可鉴人。

此后,展示出的是杀猪匠大刀阔斧的风范。他拿起尖刀,从猪的前胸到尾部,第一刀下去,皮开肉绽,第二刀下去,破肚开膛,腹腔内一片热气腾腾。紧接着把利刃伸入猪的胸腔,手起刀落,肝、脾、肠、胃等一挂"下水"被扯出,盛入一个大盆。割头去蹄,刀砍斧剁,将猪的整个尸身从脊背处一分为二,悬挂院内,杀猪即告完成。这时,杀猪匠身着一身杀猪行头,站在院子中央,点上一支烟,审视着自己的成果,像一个旗开得胜的将军,令不少孩子充满敬畏。记得上小学时,老师问同学们长大后的理想,一个孩子站起来举手高喊:"杀猪!"老师问:"为什么要杀猪?"孩子不假思索地回答:"吃猪肉!"

四

年末,最后一个集是要赶的,这不仅是一年最后一次采购,还是不可或缺的仪式。赶集是母亲的专属,母亲对赶集这件事十分重视。童年记忆里,年前这几天总是阳光明媚的日子,母亲在门前太阳地儿的避风处,借着温暖阳光梳洗的样子一直印在脑海里。一番梳洗打扮之后,母亲挎上竹篮子出门了。一双小脚,走起路来虽然不是大步流星,却也轻健优雅。一路上,不断有人与母亲打招呼,夸赞母亲衣着整洁,年轻漂亮,这使母亲更显自信。

母亲出身小康之家,十八岁嫁入刘氏寒门,二十几年间生下十几个孩子。是什么样的勇气让她做出这样的选择我不得而知,可我知道,这个八岁时家里遭遇土匪绑票,曾经敢以自己换弟弟的女孩儿,骨子里存储着巨大的能量。

自母亲赶往集市的那一刻起,兄弟几个心里的期待便油然而生,并且随着时间的推移变得越来越急切,没等集市结束,我与六弟已经早早等在村口。

"女孩儿盼年,盼那花儿戴两边;男孩儿盼年,盼那炮仗几盘。"除了炮仗,我和六弟还关心每次专为七弟买的一块兔子肉。当母亲的身影出现,兄弟俩争先恐后飞奔上去,由于等待心切,认错人的事情时有发生,最尴尬的莫过于在来往人群中认错人或叫错娘,那必将成为日后兄弟间斗嘴吵架攻击的软肋。平日里,兄弟间拌嘴吵架是家常便饭,最有力的武器就是相互揭短亮丑,当一方把"喊错娘"这一壶提出来,另一方会顿时卡壳,被堵得面红耳赤,使斗争形势急转直下,败下阵来。

迎上母亲也不敢像别家的孩子那样拽着篮子乱翻,而是围住母亲不停地问:"买的啥?买的啥?"母亲也知道兄弟俩的心思,用手拨开篮子里的菜,露出几挂鞭炮,然后掏出一个纸包打开,用指甲撕下麻线粗细的一条兔肉,我和六弟连忙仰起头,张开大嘴接住,那是记忆里最久远的美味。

五

集市上此起彼伏的鞭炮宣告节庆预热结束。从这一天起,家家户户开始真正忙碌,煎、炸、蒸、煮陆续展开。在母亲的统筹安排下,家里从来是忙而有序的,父母总是表现出极大默契,炸松肉、炸带鱼、炸麻花、炸绿豆丸子,母亲烧火,父亲看锅,油花翻滚,发出细碎的脆响,香气盈屋,油雾缭绕,撩拨着幼年时按捺不住的情绪。我和弟弟一边吞咽口水,一边在屋里转来转去,既想靠近,又怕碍手碍脚受到训斥。第一拨儿炸好的食物凉下来，母亲会为每人分发一块儿，弟兄几个急忙围拢过去领取，拿到食物的一刻，心里洋溢着幸福，如获至宝般退去。期盼已久的年味儿，终于来到了嘴边。

早年黄河口，文化积淀薄寡，饮食自然也不精细，面食制作不像平原地区那样花式繁多，大致只有馍馍和卷子两种。过年是要蒸馍馍的。讲究一些的家庭，会用模子做出带有纹饰图案的鱼、桃等形状各异的食品。制作花卷则是将面搓成粗细均匀的条形，盘制成桃花状，花瓣内各立一颗红枣。为了有别于平日，各种食品蒸制完成，在顶部中央，用筷子蘸颜料点上一点朱红，以示喜庆。

这些数十年前逃荒到此的庄户人家，来到这穷乡僻壤，不仅诗书无继，猪头也从来没被摆上祠堂家庙的祭坛，这里的孩子，自小只知道猪头是味佳肴。过年，如果能买得起一个猪头，将使年货大为增色。炖猪头俗称"打煮锅"。有一年临近过年，小弟刚刚初中毕业，约小朋友出去练酒，因不胜酒力被人搀扶回家，刚进院子闻到肉香扑鼻，喜不自胜，酒意顿减，酒力作用下不无炫耀地高喊："打煮锅了吗？"引得小朋友羡慕不已。

猪头煮好，很少舍得吃肉，而是把肉剔除切碎，放进锅里继续熬制，制作成一大盆猪头冻。冷却后的猪头冻，上面一层雪白的猪油，散发着令人垂涎的诱惑。每次吃饭,只能盛出一小盘供一家人分享。其余大部分,留做过年期间哥哥们应邀走门串户喝酒聚会的菜肴,一直吃到正月十五以后。

几天忙碌下来,家里盆满钵满。草囤子里是馍馍、花卷等面食,浅子里是油炸食品,箅子上是豆腐,饭橱里则是生肉、熟肉。贫寒日子,顿显富足美满,以此昭示全年,乡村即将开启冬去春来的盛宴。

忙碌的尾声结束于大年三十早晨。这一夜母亲和姐姐必是通宵达旦,把我和两个弟弟最后几件过年"新衣"完成。所谓"新衣",是哥哥们已经穿过,因身体长高不能再穿的衣服,经过拆洗、剪裁、缝制翻新(俗称"毁"),轮到我和弟弟穿时一般已经"毁"过三轮。年幼的孩子,没有第二套衣服可换,如果新衣不能及时赶制完成,就得光着身子在被窝里等。一夜时间,母亲和姐姐需要把我们几个人的旧衣服拆开,换掉表里,补充棉絮,重新缝制。即使是这样"毁"出来的"新衣",我和两个弟弟也充满期待。

从睡梦里睁开眼,母亲已经缝完最后一针,咬断线头,将做好的衣服展开抻平,脸上挂着欣慰,审视自己的"作品"。衣服虽然是翻新过的,经过烫染依然光鲜亮丽。跳跃的针脚,蕴含着蓬松柔软的暖意。这时,母亲再把同样是翻新过的外罩套上,抻拽妥帖,尤其是新绷上去的白色挽袖儿，袖口已经洗去黑乎乎的鼻涕污渍，洁净如新，俨然是画龙点睛的装饰。

看到母亲长舒一口气说："起来吧！"宣告我们的等待结束。我与两个弟弟连忙钻出被窝。当我们各自把衣服穿好，母亲再一一帮我们整理一次，审视一番，目光里满是柔软的温情。最后，从上到下在背后拍打一遍说："好了，走吧。"

穿上新衣服之后，平日轻盈的身形，反倒像麻了翅儿的麻雀般笨拙起来。

六

鞭炮声在村巷里稀稀拉拉响起来。孩子们蠢蠢欲动的情绪随之点燃，迫不及待拿出几挂鞭炮，在哥哥主持下拆分。为避免不公，个个脑袋都往前钻，必须亲眼见证，一一数清。分配完毕，喜不自胜，各自怀揣几枚称作"甘草骨节"的小鞭，或稍大些的"二炮仗"，像春天田野里的旋风，飞出家门，汇入街上成群结队的孩子队伍，在村里窜来窜去，扎堆取乐。

常年"放养"的孩子能作，放鞭炮一样能作出花来。孩子们聚在一起，用鞭炮崩雪、崩瓶盖，不时发出一片欢呼喝彩。有的孩子使坏，把点燃的鞭炮往人群里扔，吓唬女孩或胆小的孩子。有个别孩子不安于这些，他们专门用鞭炮崩牛粪、狗屎，点燃鞭炮的那一刻，孩子们个个都像剁了尾巴的老鼠，疯狂鼠窜，以免粪便溅到身上。一些孩子把放鞭当成考验胆量的游戏，用拇指和食指轻轻捏"甘草骨节"两头，让它在两指之间爆炸，引来人人效仿，虽然指尖被炸黑，却无人说疼。还有的孩子居然以同样方式，用指甲掐住"二炮仗"引信，试图截住引信燃烧，阻止鞭炮爆炸，显示胆量，惊吓别人。在别人纷纷捂耳朵的一刻，鞭炮爆炸，这个斗胆的孩子被炸得虎口开裂，两根指头肿得像小萝卜，手心黑如焦炭。

麻雷子、二踢脚、蹿天猴儿、扑棱蛾子等，都须用在关键时候，孩子们不可随便动用。泥窝窝头，属春节庆祝活动高端奢侈品，全村只有几家购买，用于除夕或初一夜晚燃放。点燃后俨然一棵火树，引得围观的孩子们疯狂雀跃，成为一个家庭节庆的亮点，也是全村的一道景观。燃放在家庭，家里如果有喜欢招摇的孩子，必然站在最显眼处，驱赶靠近的孩子维持秩序，显示出与众不同的优越感。

七

老家年夜饭有喝肉菜汤的习俗。缘起何时，无人说得清楚，想必与穷有关。六七十年代，一碗肉菜依然是令人垂涎的期待。小时候，只要说吃肉一定是久远的记忆，除了过年，就是某个特殊机缘，那必是一个值得记住的日子。

一向节俭的母亲，过年会表现出不同平日的慷慨。除夕夜，八印大锅烧热，乌黑锃亮，母亲用勺子从油罐子挖起半勺雪白的猪油，在锅沿轻绕几周，猪油无声融化流至锅底，锅里晶亮油润，美感顿生。放入葱姜大料，随着"刺啦"作响，屋里砰然生香。大白菜煸炒完成，加水烧开，一大碗切好的白肉倒入的那一刻，满口生津，心里已经在盘算自己能吃到几块。

第一碗菜由父亲亲自掌勺，兄弟姊妹中年龄小者，争先恐后急忙上前，年龄大的主动靠后，从小到大形成一列纵队。为防止端碗不稳烫伤手脚，我和两个弟弟的碗盛得稍浅，这让我们心里很是不平，有吃亏的感觉。端碗那一刻，最关心的是碗里有几块猪肉，尔后把它们逐一拣出来，以炫富心态放在碗边，不舍得入口。当看到哥哥姐姐们第一碗喝完，才发现自己已然落后，生怕剩下的肉让哥哥们捞走，顾不得许多，狼吞虎咽吃起来。一锅肉菜喝完，与两个弟弟孕妇般抱着肚子，心满意足地走开。

没有文化的地方没有神。在老家，除夕夜诸神降临的说法，犹如一抹淡烟，若有若无，很少听老人说起。这些背井离乡的落魄逃荒者，在家族中地位卑微，离开故土，便告别祠堂家庙，很多人从此在家族谱系里消失。黄河口的农村没有祠堂，也少见家谱，祭祀神明、祭拜祖先等礼仪之事，孩子们鲜有目睹。

在幼小时的记忆里，这里有的只是开始于除夕晚上的神秘。晚饭过后，外面的鞭炮喧嚣渐歇，只有零零星星乒乓作响，偶尔还会听到某家的焰火吸引得孩子们飞奔喧闹。多数家庭进入了除夕夜的安静，大人们开始准备明天五更的饺子。

孩子们带着一头汗水，脸上挂着过年的兴奋回到家，肚子里两碗肉菜汤、两个馍馍已经折腾得所剩无几。进屋的那一刻，因为比平时多了几根蜡烛的光亮，顿显灯火通明。屋里的安静告诉孩子们，除夕夜是不能乱说话的。当看到母亲、姐姐正盘腿坐在炕上包饺子，身旁几个盖垫上饺子已经摆满，吃的诱惑再次激活被抑制的情绪，话虽然不时冲到嘴边，却不敢轻易出口，生怕犯忌受到训斥。

明天要吃两大碗饺子！这样的决心暗暗在心里酝酿，够不够吃的疑虑同时又萌生出来。半天想出一个万全之策，不出声点点饺子数。正在指指画画，手被母亲不动声色地一巴掌打开。从此知道，在神明降临的时候，小孩子必须保持安静。

在黄河口这样的荒僻之地，如果有神，也是不上"法典"的草根小神，比如，有些家庭就有窗户奶奶下凡过年的说法。小神虽然不是出自正典，但是这些家庭，除夕这天一早都会把窗台收拾得干干净净，使孩子们把窗台当成一方神圣之处，醒来第一眼不敢去看窗台。

记得一个冬天的早晨，睁眼看到窗台上趴着一个人，不由喊了出来，把一家人吓一跳。仔细一看，原来不知是谁白天晾晒在窗台上的一双棉鞋。这事如果出在大年初一，必是不吉之兆，成为一年晦气的阴影。所谓神，大概只是智者约束众生的咒术罢了。

村里有句俗语："孩子过年，大人过关。"衣食不济的年代，想把年过出年的样子，大概每个家庭都有难处。自打记事，只听到过年"吃不上饺子"的传言，没有亲眼看见，把年过得十分惨淡的家庭并不鲜见。

村里有一户人家，日子拮据，过年购买猪肉十分有限。既要保证除夕菜汤有肉，还得留下初一饺子的肉馅，两相一分，自然捉襟见肘，除夕菜汤少有荤腥。忍受了一年寡淡的父亲，禁不住肉香诱惑，利用掌勺职权，在自己碗里多盛了几片猪肉，却被早有防备的小儿子候个正着，没等父亲勺子离碗，儿子端起汤碗跑了出去。父亲实在舍不得几片肥肉旁落儿子之口，急忙追出门外，在儿子耳边央求："好孩子，好孩子，爹馋啊，爹馋啊！"话音未落，猪肉已落儿子腹中。没吃尽兴的父亲，忍不住勾出的"馋虫"，等不得五更，刚刚入夜，便下饺子先行品尝。晚餐因贪恋荤腥，"水饱"未消，紧接着又是一顿肉馅饺子，撑得不能平身入睡，绕着自家房子消食一夜。半夜一过，村里第一挂鞭炮响起，必然出自这户人家。

夜晚是个好东西,它不知掩盖了多少不为人知的尴尬故事。

八

除夕的夜是醒着的,夜空游弋着各路神明,也漂浮着孩子们的梦境,这一夜孩子们睡梦很浅。守岁的习俗里,不熄的灯火贯穿起了岁末与来年。

孩子们在第一串鞭炮声中醒来,个个不敢随意出声。大人已经醒了,不动声色躺在炕上。孩子们按捺着焦躁翻来覆去,往往是某个年长的孩子佯装咳嗽,很快几个弟弟也跟着效仿,向父母传递期待信息。父母起身的一刻,年长的哥哥随即发出第一声问候:"好吗爹?""好吗娘?"其他弟弟妹妹跟随问好。我自小笨嘴拙舌,对一夜醒来即相互问候的举动,既感唐突,又难以开口,随着起床穿衣的窸窣连忙起身,哼哼哈哈浑水摸鱼。父母也不介意,只是以"好啊、好啊……"连声作答。最后母亲会以一句"都好啊!"作为这场礼仪活动的结语。

初一早晨,必然是父亲第一个下炕开门。待他将一枚鞭炮扔出门外,开门炮一响,标志着新的一年开始了。

这一天是崭新的,年幼的孩子们穿好新衣,两手插进衣袖安静地坐在炕沿上。为防止"灶闷天"火炕走烟不畅把饺子煮坏,精心准备的柴火把锅烧得犹如鼎沸,气雾升腾溢满全屋。父母和哥哥姐姐各守其分，不动声色忙碌着，行走在缭绕雾气里。年初一早晨的静穆，表现出人对神的敬畏。

天刚放亮，街上开始出现拜年的人流。一家一院各自为伍，衣着虽然有新有旧，一样穿戴整洁。拜年是重要礼仪，队伍是否齐备体现一个家族的家风。人们带着五更饺子赋予的愉悦，成群结队走街串户，为本家和街坊邻里长辈拜年。穷乡僻壤缺少礼数，拜年也简单，只是由同辈分中一位年长者带头，进屋面向长者问好，身后一行人随声附和，既不跪也不拜。长辈们大多端坐在正对门口的椅子上，接受问候，回复几句诸如"坐坐喝杯水"或"吃块糖"之类的客套话。

光鲜的一年开始，神明为所有人送来希望，日子又进入新的轮回。

初一一家团圆，初二走姥娘家，初三闺女回娘家，其后便是走亲访友。亲戚多的家庭，迎来送往可持续到正月十五。正月是饕餮者的美食季。一些人身挎白柳条编的箢子，内放一碗饺子，盖一方白色笼布，开始走亲访友。每到一家，把饺子放下，拜年、寒暄喝酒，酒足饭饱，傍晚提上对方压回的一碗饺子，带着几分酒意回家。第二天，再次提上那碗饺子，踏上另一段行程，如此以往，直至元宵节。村里又是另一番景象，上至耄耋老人，下至舞勺少年，各带酒肴，或三五相约，或六七相聚，或践约而来，或酒后再续，可谓是：村里飘醇香，农舍有酒意，推杯换盏中，醉眼相迷离。酒这种五千多年前的祭祀之物，仍然延续着人神沟通的功用，业已演绎成一种文化魅力，在荒洼之地被光大。

酒意成了乡风中独特的风景，走路不稳的，躺在路边的，骑不了自行车和自行车斗气的，还有醉酒后失去理智被人捆在马车上送回家的……迎春宴饮，熏醒了沉睡一冬的大地，春天在酒香浮动里走来。大河岸边灰黑干硬的柳丝泛出墨绿，在微风里摇摆起来，农人开始备耕，来年福祉在他们心里孕育。

辑四 乡风遗韵

穿 土

婴儿穿土习俗,在黄河下游地区由来已久。婴儿穿土用的布袋叫土裤。土裤恰如吊带短裙缝合底部,上面的带子系于婴儿双肩,里面装入沙土,形成一个小小沙池,将婴儿装入其中,拉尿全凭自然。如果尿了,揪住土裤一抖,泅湿部位消散,土裤内即刻干爽如初,因此,穿土的孩子一般不淹下体。土裤也有单棉之分,冬天棉土裤套于单土裤之外,用于保暖。

通常,每天为孩子换三次土,换土时间在三餐过后。农村烧柴草做饭,灶火停息,灶内明火余温旺盛,趁此将土锅子放入灶膛,称为"炖土"。吃饭间隙,沙土炖好,母亲开始为孩子换土。孩子对换土充满期待,看到大人从灶中取出土锅子,吹去土上浮灰,将土调和均匀,温凉适中时倒入土裤,此时孩子变得兴奋异常。

换土是农村妈妈少有的亲子过程。她们把赤条条的孩子,从土裤里提溜出来,轻轻拍落一身晶莹浮土,抱在怀里调整姿势,再把他小心翼翼放入温暖沙袋。接着,她们会用热土,对孩子脖颈、腋窝、腿折处一一溜烫,以防淹湿。她们动作轻柔娴熟,脸上淡去平日里的艰辛愁容,温情从心里洋溢到脸上,绽放出满足与幸福的笑意,这是一位母亲最美的时刻。孩子进入土裤，像得水的小鱼，嘴里不停发出"呀呀"的"燕语"，手舞足蹈，踢蹬土裤，"突突"作响，这是艰难岁月里的温暖记忆。

　　一方水土养一方人。黄河下游，婴儿降生，被置入一钵沙土，契合了水、土、人三者相生相合的"天道"。

　　村后，大堤以外就是黄河。它西出昆仑，从黄土高原流过，穿山越岭把高原带到这里，泻入渤海，填入堆砌太行留下的深坑，造就了华北平原。沙土因比重大，易沉积于河道及沿岸附近。黄泥比重较轻，易稀释，常顺流而下，漂到下游，或流入大海，或坐落于低洼处，使泥与沙在沿岸地区自动分离，黄河流经处，都有大量沙土沉积。新生命在这里降生后，黄沙成为他们亲近自然的馈赠。

　　沙土堆积处，地表脆弱，抵不住经年累月的大风撕扯，沙地上的微小创口，即可撕扯出大片疮痍，大风旋出的巨大沙坑被称作"风洼拉"，这就是孩子穿土的土场。

　　背土，让那个寒冷的冬天刻进了记忆。取土的沙坑，在村北二百米，是经年累月的大风刮出的洼地，白沙裸露，看上去像一片雪地，村里人称之为"风洼拉"。我揣着手，怀里抱着布袋和笤帚走出家门，大风把我吹了一个趔趄。

　　长身体的时候，上一年的棉袄穿在身上已显局促，整个手腕都露在衣袖外。迎着北风来到取土的沙坑，手腕以下冻得冰凉。取土是个细活，须用黍苗笤帚把表层干沙轻轻扫起，聚拢成堆，再用手一捧捧装进布袋，这样取的沙土洁净干爽。稍不留神，会把表层下的湿土刮起，泥土和杂质难免掺杂进来，那样的话，回家须过箩筛制，再废工时。

寒冷的冬天，风似猫爪。开始，手还能感觉到沙土的冰冷，后来就失去了知觉，再后来双手就难以捧合了。取土完成，勉强把装土的沙袋送上肩，手已不听使唤，无法抓紧袋口。只好弯腰驮着沙袋，双手轻扶袋口，避免布袋滑落。挣扎着一步一步往家走，幼小的脑海，第一次出现对死亡的恐惧。来到邻居狗蛋叔家门口，离家已经不足二十米，再也不能坚持。蹲下身，把沙袋放在他家屋外锅台上，钻到朝阳的墙根下，身体缩作一团，双手深深插进衣袖。肘部冰凉的感觉，说明冻僵的手触到了暖处。这时，很希望外面响动能惊动屋里的人，出来把我送回家，可是大风早已淹没了屋外的一切。过了好一阵，手开始有知觉，我再次蹲下身，借着锅台的高度把沙土袋背上肩。到家时，早已被冻得泪流满面，还是坚持把土倒入门后的木桶。

因为"炖土"举动，使八弟的死成为我记忆里最黑暗的日子。八弟是母亲生的最后一个男孩儿，他死那年我八岁,他是在天亮前停止的呼吸。记得他出生时身形干瘦,看到他的第一眼我有点害怕。一个月以后,他有了脱胎换骨的变化,每当母亲为他换土的时候,我总会凑到近前,去抚摸一下他细嫩的皮肤,攥攥他的小手或小脚。

他死的时候,大概只有几个月。母亲守了他一夜,直到确认他死去,母亲也没有放声哭泣,只是默默流泪。父亲用一条半截褥子把他包好,放进一只篮子,趁着夜色,出去把他埋掉。我看了一眼死去的弟弟,他很安静,像是平日里睡着的样子。怎么会死了呢?我很不解,认为他肯定还会活过来,于是想阻拦父亲,却没敢出声,只感觉心里空空的。那么冷的冬夜,只裹着一层薄薄的褥子,他不冷吗?

早晨,天光已经大亮,油灯还亮着,灯火跳动着,闪烁出缥缈的光,母亲两眼盯着灯火出神。不知是忘了,还是不愿打扰母亲的安静,无人去把那灯火熄灭。一家人静坐着,时间停止了流动,空气已凝固,屋里笼罩着令人窒息的沉寂。我的思绪被一团麻缠绕着,脑子里一片混沌,忘了刚刚发生的事情,只是感觉有点紧张,不知所措。这时候,脑海中突然生出一个念头,很想做一件讨家人欢心的事,打破可怕的死寂,把自己和家人从可怕的气氛中拯救出来。

我把目光投向门后的木桶,里面装着小弟弟用的沙土，那是我前一天上午背回来的。木桶里扣着一只土锅子。1958年，母亲把它裹进被子，才使它躲过一劫，没被大炼钢铁的队伍搜走。此后，它陪伴了四哥及以后六个孩子，其中三个已经先它而去。它在召唤着我，它让我想起又到为弟弟"炖土"的时候了。我不声不响挪下炕沿，走向木桶，盛满一锅子沙土放进灶里。看着一家人怔怔的目光，突然意识到自己犯了一个天大的错误，像被雷击似的，呆立在原地，屋里突然爆发出母亲的哭声。那是我唯一一次听到母亲失声痛哭，她哭得撕心裂肺，我刻骨铭心。

二十世纪七十年代，土壤沙化演绎成了灾难。冬春季节沙暴频发，时常黄沙漫天，不见天日。有时一夜之间，房子避风处积沙成丘，一次能清理出十几车沙土。风沙严重时，吃饭都揭不开锅，当地百姓有种说法叫："一年吃一个坯。"一场大的沙暴过后，及膝的麦苗能被沙土埋没半截，麦季收成，化为乌有。

沙暴来袭时，室内虽然每天清扫，也难以避免沙尘落满每个角落，桌椅板凳一片雪白，仅炕上一天就能扫出半簸箕细沙。这样的天气，人们无所事事，一些人干脆蒙头睡觉。素日里母亲忙于针线，没有白天睡觉的习惯，只好打起包头，双手抄进衣袖，在炕上闭目静坐。如果一个小时不动，身上落满一层细沙，整个人都会变成浅灰色。穿土的孩子，不用下炕即可就地取材。侄子出生时，正值黄沙遍野。十一岁的六弟，初谙世事，已为人叔，喜不自胜，不声不响推起车子，装了半袋沙土送到大哥家。大嫂喜得爱子，又收到小弟的意外之礼，一时间居然被六弟感动得泣不成声。

穿土为养育子女带来便利。平日里大人忙，就把孩子装入土裤，靠于炕上卷起的被子，两侧各置一长条枕头，土裤上搭一条半截褥子，三面将孩子圈住。安顿下孩子，有时候大人一去就是半天。孩子会爬以后，为避免挣脱羁绊到处乱爬，须炒制部分沙土添入土裤，增加沙土分量，压住"底盘"，以防孩子跌落炕下。炒土须用平时做饭的大锅，将土倒入锅内，用高粱根座或铲子搅拌翻炒，直到沙土在锅里冒起"泉眼儿"，即可盛出降温，尔后倒入土裤。只要土裤里有足够沙土，便可确保孩子安然无恙。一般家庭，孩子会走就脱掉土裤，也有个别孩子，养成了坐沙袋习惯，穿土穿到两三岁。习惯坐沙袋的孩子，恰如母鸡"孵空窝"，有时因耐不住寂寞，趁大人不在，光腚出去玩一圈，在大人回家之前再坐进土裤，守住自己的"一方热土"。

四哥创下一项穿土记录，四岁才脱掉土裤。四哥出生在1958年，恰逢新麦收获季节，是一个少有的好年景，父母本以为这昭示了他的命运。可是，第二年灾难降临，三年饥荒,造成营养不良,双腿不能站立行走,他在土裤里比别人多坐了两年多,直到四岁。好在营养匮乏没有影响智力发育,他自小心灵嘴巧。还在土裤里的时候,已经能帮助母亲为自己换土,靠坐式行走,能将换下的废土拽出屋外倒掉。

有一天,外面下着小雨,母亲发现四哥不见了,炕上只剩下一条土裤,急忙到处寻找。屋外下过雨的泥地上,看到一条屁股顿挫出的痕迹,两侧是两只小手的印记。顺着痕迹一路找到生产队食堂,发现饥饿的四哥,手里拿着一条布袋,布袋上都是泥,双脚朝前,保持着惯常坐行的姿势,正在排队等待打饭。一边排队,一边搭讪周围的大人,逗得大人们阵阵发笑。

如今,穿土已经沉淀到记忆底层,正在旧日时光里变黄,在脑海里散发出涩涩的滋味。前些日子,偶然在网上看到有人卖黄河土,专供婴儿穿用,心里顿生温暖。冷静想想,这大概又是网络时代的一阵风潮吧?

赶 奶

我的记忆的起点在姐姐的背上。大我六岁的姐姐背着我，走街串户讨奶吃，这种习俗在黄河口一带称为赶奶。

懵懂之中，我双手挂住姐姐双肩或脖颈，两腿攀上姐姐的腰际，享受驱使她的感觉。姐弟俩漂泊在如今称之为故乡的那个村庄，出入于正在给孩子喂奶的家庭。锁家、大民家，大概还有大狗家和胜利家，那些奶水旺盛的女人，都是我与姐姐奔走的方向。那时候的我，就是一条浅池里的小鱼，不知外面的世界，不知生命将延伸到哪里，也不知哪天泽竭而亡。在那个幼小、孱弱的躯壳里，装的却是一颗轻盈的灵魂，在那个狭小天地里，无忧无虑地欢愉着，游走着。

历时三年的奶水接济，总使我联想起意大利卡比托林博物馆的那座雕塑。雕塑中一只母狼，双耳直立，嘴巴微张，露出两排利齿，两只眼睛警觉地张望着，神情凶悍又温柔，两排肥硕乳房，垂向两个仰头待哺的婴儿。

雕塑记载的是罗马城的起源故事：一只刚刚生下幼崽的母狼，听到不远处传来婴儿的哭声，母狼循声而去，在台伯河边发现一双弃婴，饥饿的母狼没有把婴儿吃掉，而是受母性驱使把乳头塞进了婴儿的嘴里，直到把他们喂饱,母狼才恋恋不舍地离去。母狼的行踪被猎人发现,循迹找到了两个被遗弃的婴儿,两个婴儿被取名为罗慕路斯与勒莫斯,他们就是后来罗马城的创立者,罗慕路斯是罗马城名字的由来。第一次见到这座雕塑,我被深深震撼,是什么使一只生性残忍的狼变得如此体恤生命呢?那就是母性。

这种独属雌性母体的天性,是一种忘我的"爱",是舍生忘死的呵护,正值哺乳期的母狼,对生命的呵护本能遏制了兽性、主导了行为,使狼的残忍走向反面。我不知故事的真伪,却深信不疑它的真实。我由衷叹服,尚处蛮荒时代的罗马人,在纷繁的历史里,撷取这样一个故事流传下来,让母性的光辉穿越近三千年温暖后世,它使母性与人性交相辉映,将人性与兽性经过"母性"桥梁相勾连,给人类以启示。

我的命运没有传奇,承载生命故事的只有自己的记忆,还有横在门前的一条大道。在中国文化里,"道"是一个很深奥的词汇。大道至简、大道无心、大道归一等,"大道"不仅有别于小巷,它还赋予了道路文化内涵,蕴含着文化精神,能让人联想起由来已久的儒风道范、村庄规制。

大道贯穿村子东西,中间两条车辙,深可没靴,延伸到村外我不知道的地方。雨天,车辙里蓄满水,增添了道路的泥泞与湿滑，行走在路上极易滑倒。晴天，沟痕坚硬，马车像行走在轨道上，轮轨啃合，车身摇摆，吱吱作响。姐姐背着我，跌跌撞撞行走在那条大道上。野风在街巷里穿行，时常形成一股旋风，为村舍平添了几分神秘。

生活困难时期，生存就是"大道"。在这种大道陶养下，爱成为女人身上代代传承的基因，她们人人变得宽厚博爱。连年饥荒，虽然使很多女人产后营养不良，奶水枯竭，但是，有些女人天生奶水丰沛，用她们自己的话说就是："喝凉水都能生奶。"她们两只硕大乳房，一腔奶水，成了润泽生命的法宝、邻里孩子生命延续的源泉。每有前来赶奶的孩子，她们会大方地把孩子揽在怀里，低头目视着他们，看着孩子吸吮自己的奶水，一脸陶醉，即使奶水不够两个孩子吃，她们也会让两个孩子分享两只乳房，脸上洋溢着母性的柔情，尽显母亲的风韵。

"不够了，不够了，这些留给弟弟了。"她们会轻拍赶奶孩子的屁股，轻柔地把他们推开，笑意里充满歉疚，这时她们要结束这场延续生命的接济。

在"多子多福"观念下，饥寒不能节制生育欲望，生育意味着未来和希望。二十世纪六十年代初，黄河口黄精菜种子（大米草）和野菜，使许多孩子得以续命。在黄河口农村，七八个子女的家庭比比皆是，多子女的家庭，兄弟姊妹有十来个，通常年龄仅差一两岁。有的孩子不足一岁，就被即将出生的弟妹断送了"口粮"，尚在"恋怀"的哥哥姐姐，不得不把妈妈的怀抱让位于襁褓中的弟弟，自己走上赶奶之路。从此，妈妈的怀抱和甘美的奶水，近在咫尺却又十分遥远。赶奶，让他们很难戒绝奶水诱惑，兄弟姊妹间偷食奶水的事时有发生。六弟与七弟相差两岁，分属父母亲两个被窝。一天夜里，在父母睡熟时，六弟钻进了母亲被窝吃起奶来。母亲睡梦中感觉不对劲，一摸，一颗硬邦邦的脑袋比七弟的大了一圈，这才发现七弟的奶水被六弟盗食。

在母亲所生的十二个孩子中，我排行第八，轮到我出场的时候，像经过流水线的一颗土豆，很快溜出了父母视线，因此，我没有妈妈怀抱的记忆。在饥饿与死亡的笼罩下，很多家庭都相似，大人为生计奔波，弟弟出生，就意味着哥哥进入"放养"时代，少有孩子在母亲的怀抱里安享幼年。当记忆在脑海里生根的时候，母亲的怀抱早已陌生。记忆中，我唯一一次睡在母亲身边，是因舅舅带表弟来家，需要为他们腾出一床被子，我挤进母亲与小弟的被窝。懵懂中，心里生出莫名的紧张和拘束。我时常在想，日后成长过程中无端的焦虑，冷漠寡语，不善沟通，也许是幼年孤独孕育出的不良胚芽。

我有一个弟弟，小我两岁，他的到来断送了我的"口粮",他自己却没能幸运地活下来。大我两岁的哥哥,生逢三年困难时期,幼小生命终被饥饿夺走。今天有我,当属偶然,却让曾经当大队会计的父亲背着一个黑锅。每当提及出生年份,必有"知者"妄言:"你父亲一定是村干部。"言外之意,是因吃了"夜草",我才得以续命,听似一语中的,实则不然。每每遇到此种情况,我也不与之争辩,只是置之一笑。我知道,救我性命的是"百家奶"和黄河口遍地的野菜。

　　七弟是幸运的,他守着母亲寡少的奶水吃到四五岁。七弟之后,本来有一个小他两岁的八弟。八弟出生几个月后,母亲在炕上照应七弟起炕穿衣,让六弟把鞋子递过去,六弟从地上捡鞋子扔上炕,恰恰砸在八弟脸上,受到惊吓的八弟顿时哇哇大哭。以后的日子,八弟嗜睡不醒,吃奶也从不睁眼,不时会哇的一声突然大哭。某一天凌晨,大哥和三哥起早下洼拾草,邻里同行者前来约伴。黑漆漆夜幕里,家门洞开,来人不断出入,八弟也不幸离世。当年关于他离世的说法,为黄河口那片荒野平添了神秘,也为贫困中死去的那个婴儿找到了说辞,使他走得轻灵缥缈。

　　八弟的死,让我第一次见到母亲失声痛哭,哭得撕心裂肺。从此,八弟的奶水七弟继承,母亲把爱全部转移到七弟身上,七弟享到了"老生子"的待遇。

"老生子"在家庭里，会受到更多的宠爱。因为他们没有弟妹争食，吃奶时间都长。小坏蛋儿吃奶长得离谱，一直吃到七岁。

小坏蛋儿学名叫张天成，出生时父亲已经五十岁，取名五十儿。父母溺爱，每每抱在怀里，"小坏蛋儿"挂在嘴边儿，五十儿名字渐渐变成了小坏蛋儿，这个名字更凸显"老生子"特色。

入学第一天，老师正在讲课堂纪律，刚讲到"有事要举手报告"，张天成立即起身举手："老师，俺要回家吃妈妈！"引来老师同学哄堂大笑。

锁比我小一岁，她家位于大道以北，与我家相隔五六户人家，位于村子正中，她家是姐姐背我赶奶的第一站。锁她娘双目失明，我管她叫瞎奶奶。瞎奶奶是个极其灵慧的人。她虽双眼全盲，个人生活却完全自理，抱草、舀水、生火做饭、剪裁、缝制衣物，凡是女人应分的活计，全部不在话下，她仅凭双手感觉，就能把线穿入针孔。街坊邻里来访，仅从脚步就能听出是谁，家里大事小情心如明镜。

一天，大我六岁的姐姐吃力地背着我，来到瞎奶奶家门口。正待抬脚进屋，姐姐被门槛绊倒，一头栽进瞎奶奶屋里，鲜血从姐姐鼻子里流出来，姐弟俩坐在地上大哭。

那是一个寒冷的冬日，阳光从逼仄门洞送入屋内，瞎奶奶正手持一根木棍，闭目独坐在正对门口的一片阳光里。听到哭声，瞎奶奶扔开木棍，摸索着把我抱进怀里，连忙解怀把乳头塞进我嘴里，我哭声渐渐平息。

我走进校园的时候，那个叫锁的女孩，牵起母亲的手，开始了沿街乞讨。每至青黄不接，街巷里就会出现锁与瞎奶奶母女的身影。锁在前，一手牵着母亲，一手拿一个粗瓷黑碗；瞎奶奶在后，手里拿一根木棍，臂弯里挂一只竹篮，走街串巷，出入家家户户。遇到狗咬，瞎奶奶就停下脚步，笑着与那狗说话："不认识了吗？看傻的你！"对狗发出几句责嗔，从不抡手中的棍子。每到这个时候，她紧闭的双眼里翻出一线白色眼珠，那笑容看起来冷硬古怪，那狗像听懂了她的话，顿时安静下来。每次来到我家门口，母亲会吩咐姐姐："快，找块硬邦干粮。"姐姐从筲子里找一块最大的，连忙送出门外，还不忘劝母女俩进屋坐坐。随着锁年龄增长，母女俩乞讨的路越来越长，她们的脚步逐渐遍及周边村庄。直到十一岁的时候，锁才走进了教室。时至今日，每当路过她家旧宅，那母女俩沿街乞讨的身影，仍然浮现在眼前。

多年以后的一个春节，我从部队回乡探亲，来到瞎奶奶家拜年。那座没有院墙的院子，三面都可直达门口。除院子中央孤零零的一堆石头，再无他物。据说，那石头是为村里"困难户"翻建房子准备的。眼前的房子，比想象中的更加低矮破旧，进屋需要深低下头。屋内四壁黢黑，一片昏暗。由于室内低洼，进屋有闯进坑里的感觉。光线的反差，让人一时难以适应，循着声音才看清坐在炕头的瞎奶奶，以及陪伴她坐在炕沿上的老伴儿。瞎奶奶形象没有大的变化，身上还是她自己缝制的肥大的黑色大襟棉袄，头发乌黑零乱，声音依然干脆。眼前光景，使我记起了小时候赶奶的情景，我很想知道与我分食奶水的女孩儿的情况，因为人多，终没开口。出门前，我把五十块钱塞到瞎奶奶手里，想必她早已忘了那个用奶水接济过的孩子，她双手合十，连声说："谢谢政府，谢谢政府！"我发现，那个心里装着明镜的人已经老了！

我的故乡，如今"大道"犹在，行走在那条大道上，房檐下已经没有喂奶的女人，而我内心深处却依然泛起婴儿淡淡的乳腥。那是一缕心香，靠着它的滋养，我走到了今天。行走在乡路上，乡下女人闲聊时的笑声，仿佛还在耳侧回响。眼前时常出现两个婴儿争食奶水的情景：在两个肥硕的乳房间，两颗小脑袋相互抵顶，一个把另一个推开，迅速用手捂上另一个乳头……女人膝下一群孩子正在喧闹着。在我心目中，故乡的"大道"处处散发着人性的温暖。赶奶的经历，让我记住淳朴乡风陶冶下，乡下女人身上"母性"的光辉，恰是它照亮了我的人生，愿那光辉在世间长明。生命的恩典，用"感恩"一词表达显得无力，再美的文字，也无法承载古老乡风里人性至美的光辉。

前些日子，有媒体报道，有位染有毒瘾的母亲，把亲生女儿锁在家中，自行外出数日不归，将女儿活活饿死。这件事情让我再次想起意大利卡比托林博物馆里那只狼，随之，我脑海里出现了一幅怪异的图景：一只狼化作一个漂亮妈妈，一位形容妖媚的女人变成了一只凶残的狼。

吃了吗?

"吃了吗?"是见面时的招呼,就如今天常用的"你好",是礼节,也是关切与问候。最早出现在北宋时期《吕氏乡约》,后来遍及全国。

如果问候得到回答是:"还没吃呢。"

下面的话一般是:"来家吃点吧!"

"不了,家里等着呢。"

让让是礼节,一般对话就此结束。当然,也有少数例外,借此坐下就吃。这种情况,在乡言村语里叫:"让到实在客了。"必然奉为笑谈。

"吃了吗?"也已成为我国独特的文化符号。以至于善意问候曾经招致外国人误会,被误解为:"以为我穷到没钱吃饭了吗?"大多数外国朋友,第一次听到这样的招呼,会感觉十分惊讶,这让人感受到文化差异的魅力。

"吃了吗?"折射出"民以食为天"的文化。古语有:"猪入门,百福臻。"人对食物的敬畏,最早表现在对猪的态度。兴隆洼考古发现,八千年前,两头猪与一名逝者同葬一穴,找到了猪与人关系的源头。此后,猪被摆上了祭坛,猪头作为祭品随葬现象渐多。大汶口文化期,山东一带，以猪头祭祀随葬之风形成。商朝，祭祀活动繁盛，文字和青铜器皿遗迹中，让人们依稀看清猪头在祭祀中的面目。商朝出现的甲骨文，"家"字的写法即：房子里有一头猪，足见猪与人关系的密切。三千多年之后，猪头仍然被陈列于传统祭坛中心位置。走进藏族聚居区，无处不在的牛头骨，传递着来自远古的文化信息。那些高高挂起供奉的牛头，是众生对"天赐"之食"牛"的敬畏，也是对杀生的"罪赎"。

　　周朝始祖名稷，稷即谷子。如同炎帝善用火、尧的始祖陶唐氏善制陶，名字铭刻着氏族的贡献，周朝祖先即谷子的培育者。周朝八百年，"稷"成为百谷之王，祭祀"稷"的习俗，使江山与"社稷"并称。

　　"衣食足则知荣辱，仓廪足则知礼节。""国无三年之储，谓国非其国。"使吃的地位得以升华。周朝天子祭祀，有九鼎之盛，行胙肉之赐，延续两千六百年，直到清朝，仍然保持着君主为臣下赐胙肉的习俗。宰相最早见于周礼，源于重大祭祀活动中，祭天礼地、宰杀耕牛仪式，宰相当属辅助执掌宰杀仪式之人，涉及胙肉之功。战国时期，开始设宰相之职，因涉宰杀缘由，使之权倾朝野，足见宰食地位，食乃天下大事。之后，更有了"历览前贤国与家，成由勤俭破由奢"的警句。

　　吃文化，滋养出一个美食国度。在我国语汇中，与吃相关的词句丰富多彩,满汉全席、饕餮盛宴、"食不厌精,脍不厌细"等等,已经初显美食之国吃文化的面貌。谨小慎微性格特征,以"惩羹吹齑"的吃相来表达,一个人自私贪功,又会被嗤之以"吃相丑陋",使之与吃扯在一起,不可不谓之绝妙。改革开放之初,中国餐馆率先走出国门,而今已经遍及世界角角落落,俨然一道中国美食文化独特风景。富贵者的吃风,使锦衣玉食者与布衣蔬食者形成鲜明分野。

人类学家张光直说:"达到一个文化核心的最佳途径之一就是通过它的肚子。"乡下,那些关于吃的语汇中蕴含的饥寒意味,才是"吃了吗?"问候的本质含义。鲁北乡下,评价一个人,有"吃才""吃包"的说法,字面理解大约相当于今天的"吃货",两者又有很大不同。如果说"吃货"大多出于调侃或自嘲,而"吃才""吃包"则含有明显贬义,有吃瞎粮食的含义。比如,一个年轻人被损"很吃才",推上载重五百斤的手推车,只身冲上高坡,便是给对方最好的打脸。

偷鸡摸狗者,经常被骂街的妇女用"吃了撑死"或者"吃了噎死"诅咒。这些恶俗语言,恰恰反映出农家对家畜家禽的珍视,对盗食者的愤怒。在南方当兵的时候,偶尔到山上农家,见到木屋外灶棚上方悬挂着成排的猪肉,被油污包裹，几近风干。据说，那是山民将家养生猪杀掉，悬挂于灶棚，经过烟熏火燎，可避免生蛆霉变，再通过长期晾晒，水分挥发，制作成腊肉，可长期保存食用。如有陌生人来访，一抬头，灶棚上方挂一串长长腊肉，便知是一个殷实之家。在黄河口一带，农家养猪，或者借过年宰杀，卖于街坊邻里，或送往集市售卖，换取平时开销，即便是鸡鸭家禽，自家杀食也视为奢侈。这种差别，与我已有的印象大相径庭。

有个亲戚，因阿尔兹海默症失去独立生活能力，由子女轮流赡养。入冬，老人被接到了城里，与女儿一起生活。这期间，一直避居一室，保持独立饮食习惯。偶尔从屋里出来，见大家在看电视，她会手持一把蒲扇遮住眼睛，以免受到电视伤害。女儿希望唤醒她的记忆，偶尔会拿起一件东西对她发问。一天，女儿拿起一根擀面杖问："这是什么？"老人不假思索地回答："上茅房（厕所）的时候打狗。"对她最熟悉的擀面杖都叫不出名字，证明老人已经完全失忆，再无与人交流的可能，女儿失望地摇着头，落下了眼泪。老人去世后，为老人收拾被褥，发现被子的一头裹满油条，女儿才恍然大悟，揭开了老人早餐食量大的缘由。老人虽然失忆多年，饥饿留下的伤痕还深深留在她的脑海。

贪食者，又称吃东西"黑"。主要表现是，不够的时候抢吃,有好吃的多吃,被说成"不顾二口"。一个人,得了"黑"的名声,便少有人喜欢与之搭伙做事。小猪儿的舅舅大名宝增,吃东西"黑"有名,出门做客自然不受待见。一天,舅舅来小猪儿家做客,席间少语,三岁的小猪儿可能感觉气氛不同以往,突然冒出一句:"宝增,宝增吃啥太黑了!"小猪儿并不知舅舅大号,纯属鹦鹉学舌,虽然不知是在学谁,却让爷爷奶奶大为光火。此话一出,现场气氛骤然凝固。从此,舅舅再没登门。

贪食者,常被讥讽质问:"吃了常饱吗?"常饱,是食物短缺时代的渴望。如果有一种食物,吃了永不饥饿,一些"揭不开锅"的家庭,就没有无米之炊的痛楚。小时候,听过一个故事:有人捡到一块精美石头,舔一舔即可充饥解渴。故事里,那块"宝贝"救了几个人的性命。这样温暖的故事,让我萌发出无限遐想,使幼小的生命对命运有了期待。而那些稚弱的幸福渴望,往往只能从冬日夜话里听到。如:一个寒冷的冬夜,善良的弟弟被哥嫂虐待,住进场院屋子。夜深人静,他孤独地蜷缩在一堆干草中。突然听到远处有马车铃声,声音由远而近,停在了场院屋子门口。小伙子出门查看,马灯灯光里,是一辆满载大米、白面和猪肉的马车。马车来自天堂,那是一位目睹过青年善举的仙女对他命运的体恤。那个善良的年轻人,从此命运得到改变。寒夜里那盏马灯的光亮，点亮了人生希望，思想里生长出一种坚守，相信善良的人终有福报。

如果真有一种东西吃了常饱，对当下的"吃货"来说，无疑是莫大的悲哀。最早领略"吃货"风采，是在日本大阪。2009年春，随山东省商务代表团到日本大阪参加商务活动。语言文字不通，出国门无异于"睁眼瞎"，工作之余只能蜗居宾馆，与电视为伴。竞技类节目，靠肢体说话，简明易懂，因此，电视固定于体育频道。到日本才知道，日本人尤其钟情他们的国技相扑运动，叽里呱啦的喧噪中，那些体壮如牛的相扑运动员，晃晃悠悠充斥着电视画面。偶然变换频道，被几个妇女吃面条比赛的场面吸引。乍一看，几个人单薄瘦弱，没有想象中"吃货"的身材。比赛开始，称好面条装入长柄竹篓、放入滚沸的开水、将煮好的面条倒入碗中、添加汤料，几个厨师分工负责，流水作业，动作迅捷，源源不断将煮好的面条传递到选手面前。几个看似瘦弱的女人，个个如饿魂附体，筷子翻飞，三口两口，碗底朝天。十来碗下肚，仍然神速不减，这般吃相，让人见识了人不可貌相的真意。吃到十三四碗，多数人开始放慢速度。不一会儿，有人离开餐位做跳跃运动，有人则举腿摆臂，做原地跑步。室内有一条不锈钢立柱，一位选手跑上前去，攀住立柱，将身体缠绕其上，盘龙绕柱般挤压腹部，比赛进入白热化。高潮过后，便有人陆续退出，最终，优胜者吃了二十四碗面条。

"吃货"一词在国内流行，是近些年的事儿。微博、微信时代到来，网络空间成了美食者乐园。一时间，"晒菜谱"成为风尚，豪奢盛宴、家常便餐、中餐西餐、果饮糕点、美食制作创意，无不搬进空间展示，引来围观者无数。后来，"吃才""吃包"演绎成"吃货"，词义颠倒，贬义词变成褒义词。胃口大好者成为奇珍异宝，被请上电视屏幕，表演吃相，"吃货"逐渐大行其道。以食为天，演变成为食而食。能做到食而不化，吃而不胖，只享口福者，便是"吃货"的上帝。

无意间发现微信里一段网络流传视频。一个女孩儿形象娇美，体态端庄，皓齿朱唇，纯情可爱。面前放置一个不锈钢方盘，盘内盛满猪肉。女孩儿目光投向方盘，立即将双手举至耳侧，指尖相互搓捏，顿显食欲难抑，垂涎欲滴。听女孩儿说要把一盘猪肉吃完，我心里一惊，首先是觉得她不可能吃完，其次是假设她吃完，担心当场会出问题。说话间，女孩儿捏起一条一尺多长、两厘米厚的猪肉大快朵颐，边吃边对食物做出评价，妙语如珠，令人垂涎。只见她朱唇漫卷，娇憨可人，却有风卷残云功力，一会儿工夫，把一盘猪肉吃完了。

最近注意到一则消息：一位以吃为主题的美女主播，

因过度肥胖带来健康问题，如今开始减肥。她又把直播间搬进健身房，华丽转身，成为健身减肥达人，粉丝不离不弃，趋之若鹜，追随至健身房，据称该女子依然收入颇丰。

这件事令我想起了一句俗语："吃饱了撑的。"这句专指无聊行为的话，今天成了人类的大敌，饮食不当，撑出毛病的大有人在。以肥胖导致的糖尿病为例：2019 年，世界上二十岁到七十九岁的人群中，共有约 4.63 亿糖尿病患者。中国糖尿病患者人数排名第一，总人数约为 1.164 亿人，因糖尿病导致死亡的人数约为 83.4 万。2005 年，本人一不小心步入高血糖队伍之列。按照迈开腿的医嘱，骑行、健步双管齐下，十六年时间，相当于绕地球走了一圈半，至今仍奔波在与糖尿病斗争的长征路上。

回望历史，战争与饥馑从没远离，当它们幽灵一样相伴降临，人类命运便是一次存亡戕虐。时至今日，世界上仍有以亿计的人口难以维系温饱，食色文化便开始大行其道，不由令人心生疑虑。饥馑的幽灵真的远逝了吗？饕餮之乐又能够持续多久呢？

狗肠子

现在看来，狗肠子应当算作一个好人。他一枪撂倒的是一头猪，那头猪还是他妹妹家的。

那是一个春天的正午，明媚春光撩拨着那头猪对午餐的期待，辘辘饥肠促使它跳出了猪圈。离家三四十米处，是生产队的一片麦地，那猪沐浴着春光，鼻息里发出惬意的鼾声，专注地拱起生产队的麦苗。不幸的是，它家主人没有及时发现，发现它的却是"公看义坡"的、大公无私的狗肠子，猪的厄运降临了。狗肠子取下肩上的步枪，正对猪的脑袋就是一枪。那猪栽倒在地，没做挣扎，哼哼几声，死了。

"谁家的猪啊，赶紧拖回家。"狗肠子高喊几声，扬长而去。

枪声惊动了养猪养羊的农家。正在吃午饭的人们，赶紧放下饭碗，冲向自家的猪圈或羊栏，查看自家的猪羊是不是还在圈里，看到它们安然无恙才放下心来。当时年月，猪是家庭的重要资产。普通农家，一年到头除了猪羊换几个零用钱，几乎没有其他进项，如果猪被打死，一年的油盐酱醋便难有着落。

看热闹的孩子们循声赶到时，狗肠子的妹妹正奋力往家拖那头死猪。她知道猪是自己哥哥打死的,并没有坐地号啕大哭,而是眼里噙着泪水,一边拖猪,嘴里一边不停地嘟囔着:"你个狗肠子,你个狗肠子。"从此,狗肠子之名在村里传开。

狗肠子本名叫张学勤,是名伤残军人,村支书的丈夫。

1935年,日本人到内地"招华工",他跟着父亲,怀抱着淘金梦想被骗至东北,到了东北才知道,"华工"就是奴隶。一年后,父亲积劳成疾,失去劳动能力。他亲眼看着没有咽气的父亲被日本人扔进了山沟,于是只身从戒备森严的矿区逃出,拖着被日本人的子弹射穿的伤腿,一路讨饭回到山东老家。那年他只有十三岁。

1937年,他加入了抗日队伍。我记事的时候,他已经是一名光荣返乡的伤残荣誉军人。

伤残荣誉军人,是当时一个特殊群体。邻村王家庄,有一个在抗美援朝战争中冻掉了双脚脚趾的人,手拄一条拐杖,走路十分艰难。公社驻地五天一次集市,他必然坚持徒步五公里前往,一集不落。从我家门口路过,经常听到他自言自语,说个不停。说话声音很大,满口政策原则,很多时候都是边走边骂,骂的多是村队干部。据说,他稍有不如意,就找村干部理论,生了气抡起拐杖就要打人。俗语道:"光棍怕凉。"他成为全村没人敢招惹的人,有脾气没处使，就变成了眼前的样子。

张学勤同样与众不同。身体原因，他无须参加生产劳动，平日除了宣传党的路线方针政策以及指导民兵战备训练，就是每天扛一支步枪，义务为全村看护庄稼，村里误食生产队庄稼的猪羊经常亡命于他的枪口，他妹妹家的猪就是其中之一。

在渤海老区，张学勤那一代人，大多都有参军参战的历史。在参加革命队伍的人当中，一部分人跟随部队南下北上，足迹遍及白山黑水、天涯海角，甚至西域梨城。一部分人，虽然没有参军入伍，作为民工，也投身到解放战争时期的"轮战营""担架队"，为新中国成立做出过贡献。张学勤是参加过正规部队，打过鬼子，身负伤残荣誉，返乡落户的少数人之一，因此，他的战斗经历，可以在学校里，在村民大会上，在忆苦思甜活动中，供广大社员群众分享。

依稀记得他给学生讲故事的情景："当时，部队首长问我为什么当兵，我说，为了不当亡国奴！"每当讲到这里，他总是高高举起右手，变得声嘶力竭。除此之外，就是那次战斗负伤，子弹从他肚子左侧射入，从右侧穿出，肠子流出体外。治疗中，肠子被截去一段，差点丢了性命。

他的行为受到诸多诟病。比如，民兵训练中他做匍匐前进示范，屁股高高翘起，一些年轻人说他像是狗爬。尤其那次负伤，为他演绎出了许多故事。有人说，他的肠子被打断后，因长度不够，医生为他换了一截狗肠子，所以他才变得六亲不认，"狗肠子"之名也是由此而来。还有人说，那次负伤，他生殖器也被打掉了，换了个假的。传言中，有人亲眼见过，并且煞有介事地说："是与别人的不一样，不然怎么会没有生育呢？"

起初，"狗肠子"外号只是有人在背后偷偷叫，经他妹妹"认领"，就成了公开的秘密，最终传到了张学勤耳朵里。张学勤认为，这是恶毒攻击革命同志，一定是阶级敌人的反攻倒算，必须深挖细查。经查，全村外号大多出自坏分子张怀仁，他的嫌疑最大，只是"狗肠子"是不是出自他口，并无实据。

张怀仁，早年读过私塾，日伪时期干过伪差，因巧于周旋，没有命案，还帮助百姓化解了不少危机。后来，为逃避打击来到黄河口隐居，终被揪出，成了被管制分子。

张怀仁给革命同志起外号的"案件"，张学勤亲自审讯。面对这样一个狡猾的"阶级敌人"，审讯进行得很不顺利。有时叫到张怀仁的名字，他立即立正回答："有！"声音大而洪亮。有时候叫他，他的心思又像是飞到了爪哇国，在场面沉寂的当口，冷不丁大吼一声"到"，吓得在场的人面面相觑。再问下文，人们只能在他的思路引导下兜圈子，审来审去，结果是"听你妹妹说的"。不久，张怀仁与生产队长发生争执，被生产队长扇了两记耳光。张怀仁说："这是我平生第一次吃人耳光，我再搭条命给你。"第二天早晨，人们在一棵树上看到了他吊着的尸体，为张学勤起外号的事成了悬案。

那次负伤给张学勤带来了爱情。住院期间，他与战地护士李金花结为伉俪。新中国成立后，他返乡养病，妻子跟随他在农村安家。

张学勤对妻子的爱溢于言表，称呼妻子的方式也与众不同。鲁北农村，夫妻关系矜持含蓄，近距离招呼妻子，往往只是"哎"一声，或用孩子名字替代，在外面提及，一般用"孩子他娘"，或者是孩子的名字加"他娘"两个字。很多妇女终其一生，只能从墓碑上看到她的姓氏，而少有人知道她们的名字。这被张学勤视为封建遗风，他称呼妻子，一般用"我爱人"或"小李"。每当提起自己的妻子，他语气里饱含爱意和自豪，在农村显得另类且不合时宜。

有一件事情，尽显张学勤对妻子李金花的爱。张学勤军旅生涯几乎都在医院度过，久病成医，他粗通医术，返乡后担任村里的赤脚医生。一天，村里一位妇女生病，病人是富农家的儿媳。张学勤背着那个带红十字的药箱,赶到病人家中,恰逢病人丈夫不在家,这期间发生了什么,无人知晓。

当晚,村里放电影,放映前是"张学勤时间",他要利用放映扩音设备发表例行讲话。张学勤拿起话筒,习惯性吹了吹,又喂喂了两声,随即讲起阶级斗争形势,一套"阶级斗争一刻也不能放松""阶级敌人亡我之心不死"之后,讲到了为富农儿媳看病一事。他的一段话至今让人记忆犹新:"我问她:还有哪里不舒服?她用手指着那个地方说:这里不舒服。丢人哪!我转身就走,她还在我身后说:我想和你睡觉。同志们哪,阶级敌人就在你身边哪!"

在张学勤时间里,所讲内容,大到路线方针政策,小到鸡毛蒜皮,无所不有。如果村里有线广播线路不通,他会说:"必然是阶级敌人破坏,这是不让我们听到北京的声音。"新生他姐姐偷了生产队的玉米,插在裤腰里,被张学勤识破,硬是从裤子里把玉米揪出来,逼她把玉米挂脖子上游街示众,每逢集会必然进行批判,一直讲到新立偷豆子被抓,批判对象才被新立取代。

有时候,他也会向大家报告好消息。有一次放映前,扩音器里传出张学勤激动的声音:"告诉大家一个好消息,李金花同志的党员批下来了！"此后不久，他的妻子李金花成了整个公社唯一一名女村支书，开始了张家屋子村史上"夫妻档"时代。

多年以后，我从部队回家探亲，在县城姐姐家旁边一个小公园散步，遇到了张学勤。他坐在轮椅上，由妻子李金花推着，布满老年斑的脸略显浮肿，且没有一丝血色，眼皮沉重，眯成一条缝，眼圈微红，一边嘴角下沉，涎水流出一条晶莹细痕延至下巴。不知是何种原因，轮椅旁挂着引流袋，残存少许污物。虽然二十多年不见，我还是一眼认出了他们。上前打招呼时，李金花先认出了我，她和张学勤介绍半天，最终张学勤还是含混不清地说出了我哥的名字。

告别时，我心里不是滋味，不知是悲悯还是敬意，抑或是两者都有。看着他们离去的背影，我感觉离去的是一个时代。

撞名儿

撞名儿的习俗，是真实存在还是只是个传说，没人能说得清楚，它只存在于一个由来已久的故事。

一

相传，一对夫妇头胎得子，父亲喜不自胜，兴奋地搓着双手在屋里团团乱转，待妻子提醒才缓过神儿，忙出门为孩子撞名儿。兴冲冲出门，不小心被门槛绊到，一头扎进对面磨屋，差点儿撞到磨盘。立即转身回屋和妻子报喜：撞到了，撞到了，磨盘！儿子有了名字——磨盘。

几年后，第二个儿子出生，再次出去撞名。出门恰逢两个农妇吵架，嘴里不停叫骂："他娘那腚的，他娘那腚的……"虽然感觉晦气，但是已经无可回避。回头和妻子商量，几个字中只有"腚"可用作名字，虽然不雅，但敦实可靠，好在名字只是个符号，二儿子也有了名字——腚。

磨盘长到十几岁的时候，不幸夭亡，母亲痛不欲生，啼哭不止，街坊邻里都来相劝："别哭了，别哭了，好在还有腚陪伴着你们。"母亲听了更加伤心，哭诉道："俺那腚啥时候能长到磨盘那么大啊！"

这个故事一直在民间流传，有人据此推测撞名儿是乡村曾经的习俗。

二

直到二十世纪，乡村一些孩子的乳名也千奇百怪，确有撞名基因元素可寻。女孩子的名字大致可分为以下几种类型。一是植物相关类，如：枝、叶、花、果、草、苗、兰等；二是性别相关类，如：妮儿、妮子、大妮子、小妮子、黑妮、闺女、大闺女、小闺女等；三是性别歧视类，如：多、嫌、转、改、烦、臭等，这类名字字面上带着嫌弃，却又蕴含亲昵之意，表明父母祈盼转运生男孩了。方方、圆圆、甜甜等洋气名字，不属于农村起名范畴。

男孩儿的名字更是丰富无类。家具、家什、农具、植物、动物等几乎无所不包，少有忌讳。有人总结道：

宝子、羔子、羊羔子

儿猫、卫生、小泥猪儿

招来、稀罕和烦气

拴住、锁住和留住

生财、顺财和来财

大片、小片加小三

正月、二月到腊月

大头、小头、小糖瓜儿

大脸、小脸、小枣核儿

筐子、篮子和囤子

柜子、筧子和棍子

长命、富贵、大有子

臭屎、难闻、大狗子

……

农村孩子的名字也能找到一定的规律性，有些家庭的孩子的名字就有体系性特点。如，从大到小次序的：大头、二头、小头，大柱、小柱、连柱；再如，犁、耧、耠子，金、银、铜、铁等，就有类别特征。

那个时候每家每户孩子都多，一位父亲比较有前瞻性，为孩子们准备了一套车的名字。大儿子叫车子，二儿子叫马子，三儿子叫骡子，驹子、鞍子直到蛋子，一套车起完又起到器官，仍然没能打住。大概是因为狗忠诚可爱，农村人对狗情有独钟，孩子起名用"狗"字特别多，如：狗、大狗、小狗、群狗、窝狗、狗蛋、狗剩、狗屎等；对"蛋"字，他们同样情之所钟，如：钢蛋、铁蛋、泥蛋、大蛋、小蛋、坏蛋、丑蛋、黑蛋等等。

大多数家庭对孩子起什么名很不介意，想到就可起到，想不到可以慢慢想。有些孩子生下来就没起过名，找到了特征就有了名字。叫"秃子"的人，大概就是因为头发长得晚，街坊邻里说不定哪个人来串门，随口一句"这么大还不长头发，就叫秃子吧"，这个孩子就有了名字。第二个孩子出生，如果还是男孩儿就叫小秃儿，依次顺延，直到生了女孩自然终止。

有的名字带着孩子生命的特殊印记。在老家，流传着一个由来已久的求子习俗。如果一对年轻夫妇，婚后坐不住胎或生下孩子后总是早夭，就会找来一位神婆，祷告施法，尔后用甘草裹上两个发面卷子，当作弃婴扔到野外让狗吃掉，意味着那个该去天国的灵魂已经被送走，以此换得下一个孩子的生命，这样得来的孩子一般取名叫换。因为他是发面卷子换来的，人们私下会叫他发面子换。上中学时，有个女同学叫焕发，是村里唯一女生，男生经常逗她为乐。因平时只知道有发面子换一说，并不明白其中缘由，无端把发面子换加在焕发头上，从不呼其真名，后来渐渐简化成了发面子，发面子这个名字在同学中传叫多年。

乳名被乡下人称为小名，它似乎是乡下人难以割舍的情结，像人的影子到了日暮时分才会自然淡去。一些人的小名伴随自己直到人生暮年，以至于人们不知道他还有其他名字。不仅同辈人以小名相称，通常对比自己父母小的长辈也以小名相称。晚辈称呼长辈，往往是在辈分关系前面加其小名，如：牛叔、丑叔、狗表叔等，学生也会以

"五月子老师"直呼自己老师。一个人小名用的时间长短，与其身份地位也有一定关系。德高望重的人一般没人称呼其小名，而单身汉或者平时喜欢撒泼放赖的人，小名则被人叫的时间长，甚至小名或外号与之相伴终生。

城里人知道农村人小名俗陋。如果有人有幸到城里工作，单位人必会以其小名为话柄加以取笑，于是有人会四处打探本单位农村人的小名。小秃儿到单位工作了，家住偏僻农村，人们一时打听不到。一次，小秃儿回家，单位一位领导的孩子非要跟着到农村去玩儿。去之前有人做了交代，一定留意父母叫小秃儿什么名字并且牢记，回来有赏。孩子信心满满跟着来到农村。回到单位，孩子立刻复命，提交"情报"准备领赏。

"听清楚了没有？"授意者忙问。

"听清楚了，叫小偷儿。"孩子很得意地回答。

对方一听立即泄气，一次"情报"活动宣告破产。

三

乡俗里也有不少粗劣陋习，人们喜欢在人名前面冠以丑陋特征。如：秃小华、豁鼻子勤、瘸巴大力、结巴子巧儿、瞎大树等等，名字前面带"傻"字的人，一个村一定不止一个。这些名字，除了开玩笑，很少用于直呼本人，平时说话大概出于避免与同名者混淆，都作为日常名字使用，并无俗劣之感。

邻居家一个女孩儿叫灵官儿，这是村里少有的雅名。灵官儿生得浓眉大眼，面白唇红，不仅人长得漂亮，手脚也勤快，只因行动风风火火，说话粗声大气，得了傻灵官儿之名儿。到了找对象年龄，有一邻村小伙前来相亲。灵官儿经过一番打扮，皮肤粉嫩，面目端庄，偶尔一笑，洁白的牙齿十分迷人，被小伙一眼相中。经过简单交流，相互中意，正在寒暄告辞，一群看热闹的孩子蜂拥而来，有的孩子一边跑一边喊："傻灵官儿家来了，傻灵官儿家来了，看傻灵官儿家去了。"经孩子们一番喧闹，一桩姻缘因此告吹。

庄乡三大爷小名老三，身高八尺，相貌端庄，风流倜傥，虽然不识字，但身强力壮，尤其两条长腿走起路来更显风度翩翩。当年三大娘的父亲就是看上了三大爷高大壮硕，用这位老丈人当初的话说"就是当觅汉也不愁没饭吃"，于是同意将如花似玉的三大娘嫁给了他。据说，三大娘因三大爷不识字，曾经提出不同意这门亲事。她父亲呛一句："庄户人家有几个人识字，识字能当饭吃吗？"在老人力主下，将这门亲事定了下来。事实证明了当年老爷子的眼光。三大爷勤劳本分，干农活是把好手，几年下来，把日子操持得殷实丰足，只是平时不善与人交往，与邻里少有走动。按理，这样一个庄户汉子不会有被诟病的短板。有一天，三大爷当面挑衅村里最能调侃的闫三怪："有本事给我起个外号。"没想到被当即授名高腿老三，找出的缺陷恰恰是那两条长长美腿。用高腿修饰老三，在当下看起来不仅没什么奇巧，甚至还略带赞美之意。可是，当时农村经常把瘦似麻秆儿的人贬称"高腿鸡"，所以高腿听起来有了畸形的意味。久而久之，他大魁的大名无人知晓，因为个子高，高腿老三名满乡里，孩子们也称其为高腿三大爷。

四

村里起外号的创意不是一般作家可同日而语。或因长相，或因胖瘦，或因性格，或因太抠儿，所得外号个个形象贴切，巴狗子、蝎虎子、刀螂精、小长虫、大喇叭、泥蛋子眼、鬼难拿、拿住鬼、剧毒商标等等，神形兼备，表题达意如艺术家命题创作般精准。

英华算是农村里最富诗意的名字，他是宝德家的独生子，家境殷实，从小娇生惯养。平日爱喝点酒，不管是谁走到门前，只要时机适宜，都热情挽留喝两杯。如果遇到别人相邀也不客气，随叫随到，从不爽约。农村喝酒没有"套路"，不找题目，可随时随地。如果遇到是下雨阴天，能从中午喝到晚上。进入喝酒状态的人们，表情淡然，语速和缓，一片醉意朦胧中，闲聊内容，行云流水般随处漂移。英华喝酒风格与众不同。他话语很少，不管别人如何吵闹，他总是安静地坐着，有时端杯相邀别人，有时自斟自饮。每每端起杯，首先眯起双眼，双唇紧闭，将酒杯慢慢送至嘴边，轻抿一口悄无声息，尔后紧抿双唇，两眼用力紧闭，仰面朝天，双唇慢慢张开，露出两排牙齿，深出一口气，酒至半酣，一副半人半仙的陶醉。从小放羊的小根儿见到英华这副表情，形象地调侃："和公羊舔了母羊腚一样一样的。"于是英华就有了公羊的外号。

有些人的外号是当事者不愿启齿的故事。老憨自小憨实可爱，经常在邻居家玩。虽然与邻家嫂子年龄只差十来岁，嫂子却拿他当儿子一样看待。黄河口一带的农家没有院子，门前一块空地叫作天井。往外就是用秫秸扎牢圈起的一个园子，有的连园子也不围。夏季，土屋闷热难耐，很多人家都在天井里挂起蚊帐睡觉。年龄大些的孩子，蚊帐也不挂就睡在草苫子上。一天，十五六岁的老憨被蚊子咬醒，不知是想入非非还是把自己当作孩子，不声不响钻进了嫂子的蚊帐。只见嫂子酥胸袒露，搂着孩子正在熟睡。嫂子被突然惊醒时，正看到老憨两眼发直，瞪着自己发呆。惊恐之间高喊："你怎么在这里？"老憨不知怎么是好，忙指着外面说："鬼火儿！我看到鬼火儿了。"嫂子在老憨身上狠狠地打了一巴掌，喊："傻老憨，快滚！"从此，老憨有了鬼火儿的外号。

如今老家的村庄，在城市化进程中被肢解得支离破碎，发生在这里的故事，也像渐渐破碎的村庄一样随风飘散。老憨孙子宇轩结婚的时候，邻家嫂子已经去世多年。几位老者坐成一桌，再次揭开当年往事，已经没有了当年的鲜活生动。闲谈勾出了嫂子的儿子结实儿的一段记忆，他突然问："鬼火儿是谁？咱村里谁叫鬼火儿？"结实儿五十多岁，显然不知鬼火儿的就里。老憨急忙想拦："去你娘的！"在乡下，叔辈对侄子说话向来粗俗。

"鬼火儿是你，你叫鬼火儿。"结实儿眯着醉眼得意地说。结实儿像是揭开了一个秘密，但那个关于鬼火儿的故事永远不会再有人知道了。

回到村里，我打听了乡下孩子们起的名。淘气家孩子叫茜茜，狗子家的孩子叫睿聪，臭蛋家的孩子叫美偲，羊羔儿家的孩子叫皓丽，老笨家的儿子叫子涵……

我看到城市化进程中，民间起名的古老乡俗正与村庄一起消逝。

撕棉花

一张小灯桌,一盏油灯,油灯昏黄的灯光闪烁在幼年的记忆里。灯光里的故事,时常会游走在脑海,氤氲其中的一种温暖,滋润着日后的时光,化作流淌在血脉里的情愫。撕棉花的故事就漂泊在那温暖灯光里。

撕棉花是冬季农闲时家家户户少不了的活计。冬日天短,一些人家干脆把每日三餐改为两餐,缺衣少食的日子显得好熬了许多。吃过晚饭,暗淡灯光里满屋都是姐姐忙碌的身影。刷锅洗碗收拾停当,接着开始布置撕棉花的现场。当她将小灯桌移至炕的正中,母亲与姐姐收拾针线,先在离油灯最近的明亮处坐定。这时,安坐消食的兄弟七人中,年龄大的四人开始向灯桌外围聚拢,准备领受任务。他们当中四哥年龄最小,从他倦怠的情绪里可见满心的不情愿,可是,在母亲威仪之下也不敢有任何怠慢。

这时养尊处优的七弟,跟着母亲转了一天也累坏了,眼神里漂着困意,涎水顺着下巴流进了衣领。自己摇摇晃晃来到炕边,试图自己爬上炕,几经努力终告失败。抬头看到一家人都在笑,大概知道是笑他尿,赖声赖气地对大家的淡漠发出一声抱怨:"俺赖觉了!"

赖觉本是乡下人指婴儿犯困时的吵闹,三四岁的弟弟这话一出口,引来一阵哄笑。六弟见状,跑上前去,搬着七弟屁股用力将他翻到炕上,七弟顺势打了个滚儿,笨拙地爬到炕头,将自己白胖的身体从衣服里扒出来,钻进他与母亲处在炕头上的被窝儿。

六弟睡觉的位置紧靠炕头,与母亲和七弟的被子并排,平时与父亲盖一床被子。这个位置,没有热炕头的优越。一般孩子都打怵冬天被窝的冰冷,因此六弟躺下要比七弟稍晚。他要等大人帮他把被子铺开,坐在上面忙一阵子营生,将被子焐热后再躺下。等我们都钻进被窝儿,昏暗的屋里人口自然分成了几个部分。炕头一端是六弟七弟,炕尾处是我,顺着炕沿看去,一溜排着三个小脑袋。炕的中央是那张小灯桌,是撕棉花和做针线活的位置。父亲是村里唯一读过几年私塾的人,从来不管家里的闲事,他独自坐在正对门口方桌旁的椅子上,不声不响,或者喝茶、想心事,或者打瞌睡。

这时母亲已经把撕棉花的任务分配完毕。以往撕棉花,一般都是由母亲称出几斤籽棉,堆放在中央,大家围坐四周,各取所需,完成任务即可睡觉。后来,为提高效率,母亲改变了办法,每人称出一定数量,谁完成早谁先睡觉。为公平起见,年龄最小的四哥,任务一般是哥哥们的六成。

撕棉花，就是将棉籽从棉花纤维中剥离出来，是冬季农闲时家家户户少不了的活计。要领是，先抓一把籽棉在手，用双手的拇指和食指，将与棉籽黏结的棉纤维剥离开，再将棉籽从棉絮中拽出。撕出的棉絮要自然黏结，再简单整理成蓬松状。

从撕棉花能看出一个人的性格。大哥做事向来讲究技术含量，两手飞快，撕到的棉籽几乎是自然脱落，撕出的棉籽干净光洁；三哥动作简练，三下两下之后，就硬生生把棉籽拽出，棉籽上往往带有一个蝌蚪似的尾巴；二哥是家中唯一的书生，虽然动作不够熟练，却能静气凝神，在不紧不慢中撕出比较高的效率。不一会儿工夫，每个人身旁都堆起一堆洁白的棉絮。只有四哥小小的身躯坐在阴暗的角落，精神萎靡，动作迟缓，似睡非睡，像个霜打的茄子。精力都用在了把棉絮整理得更加蓬松，努力堆砌出不甘落后的虚假效果。

家里八个孩子中，四哥前面有三个哥哥一个姐姐。在同龄孩子中，自然是个扬头晃膀、风马野盗的主儿。每当孩童游戏，四哥就找出那条破腰带，系于腰间，自封司令。其他玩伴，腰间或扎草绳，或扎布带，依次被分封为大官儿、二官儿、三官儿……这时候，四哥就会表现得威风凛凛，上茅房都要有人手持木棍，做手握钢枪状，为其站岗。

四哥在家里同样不服管束。所幸，我们家有一个"专治不服"的高手，这个人就是母亲。母亲的手段一般只有两招。一招是不管饭。别人吃饭的时候，让你站在门外。另一招是不让上炕睡觉。一家人到了睡觉时间，把你赶下炕，坐在屋内黑影里反省。

俗话说：男孩十岁不吃闲饭。四哥到了不吃闲饭的年龄，必须分担家务劳动了。他却像一头刚开始练活的犟牛犊，就是不上套，因此，经常遭到母亲制裁。逼他撕棉花，就是母亲对他制裁的手段。

姊妹八个中我有一个敌人，就是四哥。在农村，女孩不参与家庭同辈人的排序，我在兄弟七人中排行第五，上有四哥，下有六弟。

农村有句俚语："六岁七岁狗也嫌。"那时我与四哥正是"讨狗嫌"的年龄，在一起，冲突本来就难以避免，加上家里人多、炕小、被子少，只能安排我与四哥睡一个被窝。

这样的安排，大多时候相安无事。比如，个子小的我，侧身屈腿呈蹲坐状，个子大些的四哥，也以同样姿势顺弯侧卧，珠联璧合，抱团取暖，和乐融融。

但这种平衡经常会被打破，"窝里斗"就难免发生。

兄弟俩争斗的起因五花八门，或因话不投机、睡姿不端，或因一方冰冷的脚有意触碰对方温暖的身体，或因一方扯被子把对方身体暴露在被子以外，抑或是因为怵冬天的冷被窝，熬到对方先躺下，另一方则以炫耀的姿态享受别人经营出的温暖，招致对方的恼羞成怒等等。

双方冲突形式也多种多样。一般出于对母亲的畏惧，俩人在被窝里暗斗。冷战时，两人以背相向，任由冬天的冰冷从两人的后背缝隙往被子里钻，却各不相让。如果冲突升级，就会相互用手指拧或用指甲掐对方皮肉，相持阶段便是两个人用力加码，直到有一方忍不住，主动松手示弱，战斗随即消弭在被窝之内。

有时候，事态控制不好，或一方试图施展恶人先告状的伎俩，这种情况，往往一时难以判明对错，母亲就会施以语言威慑，譬如："你俩又起鳞，该刮鳞了！""我看着这两天你俩身上又难受！""不拾掇拾掇，你俩烧滴筋儿疼！"说这话的时候，母亲看都不看你一眼，但这意味着准备动手了，一般会有"吓止"效果。这种语言，在气氛融洽的情况下也经常会用到，用以警示。比如，有时候看到扫炕的笤帚呈游鱼状立着，就会来一句："欸，笤帚竖起来了，这两天不知谁又该挨拾掇了。"

笤帚是母亲手中一个法宝。如果语言威慑不起效，两个人冷战失控或把战火烧到了被子以外，母亲会突然将两个人的被子揪掉，不分青红皂白，逮住谁算谁，抡起笤帚就打。这时，两个人会鲤鱼打挺般跳起，赤条条各自逃窜。

乡下管孩子有一种说法："一打二吓唬。"由于冬天太冷，母亲见状，会撂下一句诸如"再敢踢蹬，让你俩光着腚冻一晚上"之类的话，随即放下手中笤帚，拿起针线，这时两个孩子老老实实钻进被窝，事态就会平息。

小时候的快乐，是建立在"敌人"的痛苦之上的，我最喜欢看到四哥撕棉花时如坐针毡的样子。看着他的痛苦状，我内心就会洋溢起无限的快乐，冰冷的被窝会很快升腾出春天般的温暖。我用被子裹紧身体，将被头塞进下巴，彻底隔绝冬夜的寒冷，有种难以言状的满足感。

我两眼紧盯着四哥，早已看穿了他的把戏。他装出似睡非睡的样子，其实是想寻机做偷鸡摸狗的事儿。不一会儿，他果然伸手了，他偷了三哥撕好的棉絮，放到了自己的棉絮堆里。我激动得差点喊出来，但最终还是克制住了内心的激动，慢慢平静下来。

我知道，他要把这事做周密很不容易。偷到棉絮只是第一步，他还得把没撕完的棉花藏起来，或者偷偷放进别人的棉花里。最难的是，自己撕出的棉籽不足数，很容易被看穿。而每个人撕出的棉籽，又都在自己的膝前，想偷很难得手。我在等待时机,随时准备揭穿他,兴奋之中,我不知不觉睡着了。

由于心里装着四哥的"案情",我突然从睡梦中醒来。睁开眼,眼前一团漆黑,第一反应就是:完了!追悔莫及!我伸手摸了摸身边,没有四哥。静听,听到炕尾处角落里,有老鼠磨牙的动静,一眼看去黑乎乎的像是一个人,原来是四哥在墙角处撕棉花呢。知道四哥的"案件"又被母亲给破了,四哥得到了应有的惩罚,我终于放心了。

会讲故事的人,家里棉花是不愁撕的。囤他娘会讲故事,他家的棉花每年都是早早撕完。"老婆孩子热炕头",俗世温暖的标志。六七十年代,在严冬里找到一方热炕已经不易,如果能坐在热炕上聆听一位中年妇女的夜话,极易让今天的人生出天方夜谭的情境。囤家里既有热炕,又有故事。

囤他爹是个有心人。每年秋收以后,村里人家备下一个冬季的柴草,村庄便渐渐进入了冬闲的安静。囤他爹却闲不住。他有一个自制的大包袱,到处都是补丁,四角缝着四条带子,进入农闲后,他囤积好一冬的柴草,就背上它,带上耙子,到处搜刮各种农作物的残渣剩梗。这些东西虽然不起火苗,也不能用来烧火做饭,点燃后却能冒烟生热，是冬天熏炕的好材料。因此，囤家在冬天就有了一方不同寻常的热炕。热炕头和故事，自然吸引那些在家不受管束的孩子，而想要坐在热炕上听故事，就不得不帮忙撕点棉花。

囤他娘的故事里有早晨背着太阳巡游天空的勤劳乌鸦，也有千里眼、顺风耳、飞毛腿等，还有十补天中的十兄弟，更多的故事则以善恶报应为主题，开篇一般都是一个模式："这么一家子主啊，几口人过日子……"由此展开儿子虐待父母、父母双亡后兄嫂虐待弟弟，以及所受到的报应。

其中一个仙女下凡的故事至今让我记忆犹新。囤他娘讲这个故事的时候，声音低沉和缓，目光多是集中在手中的活计上，像是在自言自语："画上的女子飘然落地，悄悄为农夫做好饭。当善良的农夫收工回家，看到锅里热气腾腾，揭开锅盖是香喷喷的饭菜。一天，农夫佯装下地干活，躲在院子里，想看个究竟。他发现画上的女子正在为自己做饭，激动万分，趁女子不备，冲进屋子将墙上那张画揭了下来，从此仙女再也回不到画中，成了善良农夫的妻子……"在农村寂静的冬夜里，这样的娓娓絮语特别传神。

冬天的夜来得快，不知不觉间便是夜深人静时分。如果某一个晚上听的是鬼魂的故事，胆小的孩子就需要囤他爹一个一个送回家。

我是个喜欢走夜路的孩子，因为故事里很多神奇的事情都发生在夜里。比如故事中就有：晚上，她画了一所很大的房子，"噗——"吹一口气，第二天早晨醒来，这对相爱的人就住在昨晚画的那一所大房子里。从囤家出来，到家二百米的距离，我往往要走十几分钟甚至更长的时间。一路上我不停地想发生在故事里的事儿。故事里说"一直往南走，就能走到仙女住的地方"，那要走多远呢？于是我转身往南看去，前方一团漆黑，不远处的村庄也淹没进黑暗里，甚至连一丝灯火也看不见。这时候我会向着南方的荒野走一段，因为在故事里，走夜路的书生，只要看到前方的一点灯光，灯光处必会出现一户人家，这往往意味着命运的转机将要来临，这更使我对暗夜里的灯火充满了期待。

　　有时，我会停下来仰望天空，暗蓝色的天空上挂着无数颗星星。听大人说，如果数天上的星星会变成哑巴，这更平添了我的好奇，于是我怀着一种淡淡的恐惧开始数，数着数着那些星星就会变成曾经听过的故事，飘散在村庄的夜空，其中有仙女也有鬼魂，我心里却没有丝毫的害怕，我甚至幻想着哪一天会遇到"他们"，怯怯地希望能与"他们"亲近。

　　我迷恋上了农村的夜和夜里的安静。

　　前些日子回家上坟，在三哥家住了一夜。晚上，我从三哥家出来，再次走在村里的街巷，想在这里找到久违的寂静。我努力寻找着小时候的记忆和幻想，然而，夜幕不断被汽车的灯光划破，不时会有汽车从身边飞驰而过，伴随着汽车的轰鸣声，思绪被一次次地扯断。

回到家，我问三哥："现在冬天还撕棉花吗？"

"谁家还撕棉花呀！现在种棉花是卖，用棉絮的时候就去买。"三哥的话说得轻描淡写，我心里却生出了淡淡的失落。

我突然萌生了一个想法，回老家去盖一所房子，每年回到那里住些日子，坐在那房子里静思和追忆。

后记 苦乐修行

一生很长，一生也很短。长，是因为苦，苦日子是难熬的；短，是因为虚度，时光无痕，蓦然回头，发现已年过半百，来路不长，余年已经不是太多。

苦是人生的养料，伤痛刻满那段苦旅。思之发现，沟沟坎坎之后，是一段坦途，坦途末端又是坎坷，生活大抵如此。磕绊，让人懂得了跌倒要爬起来，学会靠自己走路，学会如何才能把路走得坚实，走得持久。身处坦途，往往忽视脚下，仰头走路的时候容易跌倒。有言曰："福者，祸之伏也。"似是禅机，实为俗理。

人生与苦无法避让。苦与甜，是事情的两面。恰如阳光与阴影，互依共存。阳光造就了阴影，阴影反衬出阳光，没有阳光何来阴影，没有阴影何谓阳光呢？唯有吃过苦，才能懂得甘甜的滋味。

当下满足,基于从前的苦难。小时候,听过一个故事。一个人,去了一趟天津卫,回来后,面对一群庄户人吹牛,说:"一次,在天津卫下馆子,一顿饭花了十两银子。"听得在场所有人目瞪口呆。惊愕之余,有人问:"十两银子?那得吃多少好东西啊!"一句话,竟把吹牛者问住了,一时陷入尴尬沉寂。憋了半天,吹牛者突然冒出一句:"一碗全是油啊!"一则贻笑后人的故事,让人看到,身处苦难,想象力是何等贫乏。

二十世纪六七十年代,"楼上楼下,电灯电话"还是乡下孩子遥不可及的梦想,幻想的翅膀从来没有飞翔到今天的现实。

那时候,汽车是罕见之物。偶尔,路上有汽车路过,因为稀奇,车后飞扬的沙尘里,必是一群孩子飞奔追逐的身影,有的孩子追逐的则是尾气里那缕烃香。

丑蛋儿家来了一辆解放牌汽车,村里孩子们蜂拥而来,丑蛋儿和弟弟坏蛋维持秩序。兄弟俩,倒背着双手在车旁转来转去,不时摸摸车灯,再摸摸门把,不让别的孩子靠近,令人羡慕不已。不知哪个孩子趁丑蛋儿不备,突然冲上前去,爬上汽车,一群孩子蜂拥而上,卡车顿时变成一座蜂巢,车上车下相互呼喊着,一窝蜂似的嬉笑喧闹,不停地爬上爬下,汽车俨然成了一座欢乐城堡。

第一次乘坐公交车,是上高中那年。路面颠簸,经常把自己抛离座位一尺多高，却是摇篮般享受。十公里路程，徒步需两个半小时，公交车一刻钟抵达，是一种梦幻体验。轿车，两头平正，在孩子眼中是神奇怪物，认为它可以两头驾驶。如果说，有一天汽车将进入家庭，那一定是天方夜谭里的故事。

上初中的时候，公社买来一台十四吋黑白电视机，放在院子里，大家共享。虽然屏幕里不断跳转着噪音、雪花和马赛克，依然吸引着学校的孩子们。下晚自习后，学生们争相奔向公社大院。电视的魅力，让尿急的孩子不舍须臾，以至于公社大院溪流纵横，满院腥臊，电视"公映"被迫取消。回顾这些，恍如昨日，不由感慨，逝者如斯。

用蒲扇摇走暑热，靠跺脚驱赶着寒冷，十几岁的孩子，为一家生计，身负重荷，日行百里，铭刻在童年的记忆。有位亲戚，患有严重阿尔茨海默病，总是把油条偷偷藏进被子里，那是饥饿烙进了她的记忆。那道饥饿的伤痕，像一缕回光的温暖，折射出温饱的幸福，令我不忍释手哪怕一口残食，一勺剩羹。

今天，夏日空调送出的清凉，冬日室内的暖意，宽敞居所里明亮的阳光，氤氲于昔日的饥寒，恰如一杯香茗的回甘，弥漫心野，浸润着当下的日子。

女儿说："那时候没饭吃，为什么不吃面包？"两辈人间，是称之为"代沟"的二十几年距离，难以搭起一座沟通的桥梁。最近听说，一个孩子因手机被父亲扔出窗外，而从高楼上跳下，失去了生命。生命何以变得如此脆弱呢？大概是因为他们的成长中没有注入生命的质量。在我想象中，那个没有质感的生命，轻得就像一根羽毛，从高楼上飘下，飘离了人世。

夜已渐深，正待搁笔，微信嗡鸣，是驴友预约骑行，明天将是一百公里行程。骑行是自讨苦吃，乐于享受苦楚，是因害怕迷失于生活的安乐。

人生就如骑行，失去了向前的动力，摔倒就是早晚的事儿。关于生命和未来，我们应当交给后人些什么呢？

图书在版编目（CIP）数据

大河归处 / 刘庆祥著．—济南：山东文艺出版社，2022.8

ISBN 978-7-5329-6673-8

Ⅰ．①大… Ⅱ．①刘… Ⅲ．①散文集－中国－当代 Ⅳ．①I267

中国版本图书馆CIP数据核字(2022)第102052号

大河归处

刘庆祥　著

主管单位	山东出版传媒股份有限公司
出版发行	山东文艺出版社
社　　址	山东省济南市英雄山路189号
邮　　编	250002
网　　址	http://www.sdwypress.com

读者服务	0531-82098776（总编室）
	0531-82098775（市场营销部）
电子邮箱	sdwy@sdpress.com.cn

印　　刷	山东省东营市新华印刷厂
开　　本	880毫米×1230毫米　1/32
印　　张	8
字　　数	138千
版　　次	2022年8月第1版
印　　次	2022年8月第1次印刷
书　　号	ISBN 978-7-5329-6673-8
定　　价	49.00元

版权专有，侵权必究。如有图书质量问题，请与出版社联系调换。